FATOU DIOME

LE VERBE LIBRE OU LE SILENCE

ALBIN MICHEL

« [...] venant d'une direction que je ne soupçonne pas encore, voici que s'approche le miracle de la libération. [...] En quoi consiste donc ce miracle ? Tout simplement dans la découverte soudaine que personne, aucune puissance, aucun être humain, n'a le droit d'énoncer envers moi des exigences telles que mon désir de vivre vienne à s'étioler. Car si ce désir n'existe pas, qu'est-ce qui peut alors exister ? [1] »

Stig Dagerman

1. Stig Dagerman, *Notre besoin de consolation est impossible à rassasier*, Actes Sud, 1981.

Prologue

Qui écrit les livres qui vous sont vendus ? La bride d'un éditeur ou le souffle d'un auteur ? L'écriture, ce sont des lettres qui s'alignent dans l'âme et dansent l'humeur des jours, au rythme d'un pouls. Alors, n'est-ce pas d'abord une affaire d'auteurs, avant que d'être celle des éditeurs ?

L'écriture, c'est l'autre glaise que le Seigneur a laissée aux artistes pour imiter, magnifier, retoucher, surtout colmater sa création. Glaise, l'écriture module chaque livre à l'image de son auteur, cet humain que Dieu a, paraît-il, fait à son image, donc à l'image de ses frères. L'écriture serpente, se faufile, s'infiltre ; cherchant les siens, elle se fait transnationale et embrasse toute l'humanité. L'écriture ? À la fois don et requête, l'oxymore est sa bonne foi. Ode à la vie, outre le plaisir esthétique, elle donne le courage qui manque aux jours et porte aux Cieux le lamento d'ici-bas, elle est donc aussi prière, même pour les athées. Méditation, l'écriture est un cheminement, une exploration, une navigation au long cours. Regardez les lettres au seuil d'une page, oscillant de crique en bras de mer, elles courent se jeter dans l'Océan de l'existence.

L'écriture ? Illumination, autant poétique que spirituelle, c'est une transe sans alcool ni ayahuasca. Motivé par une quête intérieure, le texte est un électrocardiogramme. Le cœur battant, l'auteur tourne les pages comme le rameur négocie les vagues l'une après l'autre, toujours en conjurant le naufrage. Le verbe libre ou le silence, l'oxygène ou l'apnée ? Il est bien question de survie. Dans cette lutte, il y a des livres patients, qui laissent le rameur à sa routinière rame et mûrissent sans compter les lunes. Hélas, il y a des livres impatients, qui s'abattent comme averse et brouillent le cap. Ils alourdissent les barques et conditionnent le parcours d'un auteur, autant que la houle, le sillage du rameur. Ce sont les livres-avaries. Intempestifs, ils forcent l'escale, vous obligent à les écrire, il s'agit de réparer les dommages avant de recouvrer la santé de la création ou de se résoudre à ne plus écrire du tout. Celui-ci en est un. Une cavalière s'est invitée dans ma barque ; malédiction ! Une rame peut-elle s'accommoder d'une bride ?

Où que l'on imprime des livres, on compte trois catégories d'auteurs. Il y a les aventuriers, qui grattent le papier comme d'autres jouent au Loto. Il y a aussi les veinards tranquilles, qui remplissent leurs pages comme l'assiduité professionnelle remplit l'assiette. Et puis, il y a les autres, ceux qui tiennent leur plume, la danse macabre de Dürer à l'esprit. Ce sont les fakirs qui marchent sur la braise, suivant la lyre d'Orphée. Payés ou non, ils écrivent parce qu'ils ne pourraient vivre sans. Qu'est-ce que cette écriture-là, si ce n'est le souffle qui les garde en route ?

L'écriture, ce n'est pas un métier que l'on choisit, non, c'est un impératif qui s'empare de vous. Il s'agit de garder la plume en mouvement, de dessiner en permanence l'Aleph, أ, qui figure l'humain, le tient, le soutient dans sa verticalité. Couchez seulement la plume, l'Aleph, et vous avez un serpent ou bien le corps humain, inerte. En avant, marche, tout arrêt est mortel !

L'inertie ? Elle n'attire que l'obélisque vers la lumière, et encore ! le soleil le délaisse, l'abandonne à la voracité du crépuscule. L'inertie désespère le vivant. N'a-t-on pas vu des éléphants renifler désespérément l'un des leurs, couché, inerte ? Ils partent, déboussolés, puis refont des kilomètres en sens inverse, pour recommencer encore et encore leur danse macabre. L'écriture fait de même. Capable d'exploration comme d'introspection, elle prend l'élan, se projette mais rebrousse souvent chemin, attirée par la mémoire, qui lui redonne toujours de l'impulsion. Flux–reflux–flux, fluctue la plume. Comme la mer, l'écriture coule, s'enroule, déroule ses vagues, et même ses vagues à l'âme nient l'inertie, repoussent la mort. Autant que rire, souffrir, c'est aussi vivre ; cela, l'écriture en atteste.

Qui suis-je ? Où suis-je ? Et, surtout, dans quel état ? Chaque texte essaie de répondre aux deux premières questions et, ce faisant, il constitue une preuve de vie.

On écrit donc pour se situer dans le temps comme dans l'espace, mais aussi, et surtout, pour tenir, se maintenir debout, assumer son statut d'humain.

Pour les écrivains mus par cette nécessité-là, chaque livre tente de combler les béances sous les pieds, autant qu'il sert de coupe-feu face aux embrasements de la vie. Écrire, c'est d'abord et avant tout, porter en soi, un pompier pour son âme. Mais ne garrottez nulle plaie, c'est l'encre qui coule et purge le cœur du mal de vivre. Épiderme, derme… habillé de sa pudeur, l'auteur ne gratte rien ; c'est la douleur qui vise toujours la profondeur, entraînant le caducée du poète, la plume.

Épiderme, derme… et tout en dessous, ce cœur palpitant de joie, mais aussi, trop souvent de détresse. Pauvre humain ! Pourtant, il rit, même ses écrits sourient, se moquent de la Rôdeuse des ombres. L'humour ? Si même les blessés de guerre en ont, c'est bien parce que c'est la chose la plus sérieuse au monde. L'humour reste la plus belle parade contre les coups de latte du sort.

On écrit comme on esquive la faucheuse et lui tire la langue. Même relatant les horreurs du monde, nous nous rions de la Rôdeuse des ombres. Alors, rions aux larmes ! Comme pour les arbres, ces larmes sont sève, suturant l'écorce ; c'est notre pommade antalgique, un don du Ciel à l'auteur comme au lecteur. Et puisque nul ne vivra ignifugé, pouvoir opposer l'art au feu des mauvais jours reste une grâce salutaire. Alors, qu'est-ce qu'écrire ? C'est croire assez en la prométhéenne force de sa fragilité humaine pour prêter plus l'oreille à la complainte des petites gens qu'aux serments des puissants et n'implorer que Sirius dans toute nuit. L'écriture rit comme elle pleure ; maillant les joies et peines, elle tisse le pacte intime qui lie l'auteur à la vie. Écrire, c'est maintenir la continuité de son souffle. Alors, peut-on adapter sa plume aux désidératas d'autrui sans trahir sa propre quête ? Et, qu'advient-il d'un écrivain, lorsque les exigences d'un éditeur en arrivent à lui ôter le désir d'écrire ? Le verbe libre ou le silence !

Tout domaine a ses règles et ses autorités, le monde du livre ne fait pas exception ; cependant, mécontent de son guide, même l'aveugle ose son propre cap. Alors, chers collègues auteurs, nous qui détectons les lucioles dans tout crépuscule, pour quelle raison nous résignerions-nous à la bride ? La bride, injuste même pour les ânes ! Souvenons-nous que Néron n'est pas Sénèque et, aux princes, préférons les philosophes. Bien que simples sujets dans ce planétaire royaume du Capitalisme, rappelons-nous qu'un éditeur défend certes un empire, mais sans sceptre d'empereur, et qu'éditrice ne partage qu'un suffixe avec impératrice. On peut donc leur témoigner les égards qu'ils méritent, sans se casser les rotules en révérences, à l'image des Blaise et Marie-Chantal qui embrasseraient une vache par crainte de manquer de beurre.

Éditrices, éditeurs sont bien sûr respectables, mais restent des commerçants, et, de surcroît, commercialisant notre prise de pêche qu'ils ne découvrent qu'à la criée. Ils jaugent les barques à quai, causent doctement de leur rendement, s'en réjouissent ou s'en désolent ; mais où sont-ils quand le mal de mer vide l'estomac des pêcheurs ? Se doutent-ils seulement du courage et de l'endurance qu'il faut pour braver l'Atlantique de chaque livre à la rame ? Rameuse, je ne me plains ni des vagues ni des vents, une vie sans navigation me serait mortelle ; c'est la fine bouche des chats qui m'insupporte, quand ils confondent les pêcheurs avec les perches. Encre bleue, rouge ou mauve, vous cherchez la nuance, ils vous prennent pour une seiche crachant son stress. Non, je ne me plains pas, c'est un constat. Comme bien de mes collègues, j'ai longtemps serré les dents. Hélas, le cœur n'a pas d'écluse, à trop le remplir de chagrin, il déborde. Alors, si ceci vous semble une inondation, criez au secours ; mais, si vous saviez ce que certains se permettent en sus ! Un stylo leur dure une année entière, mais, tirés à quatre épingles, ils nous toisent, évaluent nos arabesques avec le même toupet qu'un peintre du dimanche se mesure à Van Gogh, lui reprochant même des salissures aux doigts. Conditionnant votre devenir à leur contrat, ils se permettent tant et plus. L'œil circonspect, ils augurent de la réception de chacun de nos livres. Omettant délibérément leurs flops ou tenant les auteurs pour seuls responsables, ils prétendent savoir ce qu'attendent les lecteurs ; des lecteurs auxquels l'auteur n'a pourtant rien promis.

Sanctifiés par les cordons de la bourse qu'ils tiennent serrés, les demi-dieux du milieu littéraire sont toujours sûrs d'eux : ils ont tout vu, tout vendu, ils ont donc raison sur tout ! Des Lettres, ils maîtrisent les bénéfices, mais en connaissent-ils vraiment le prix ? Les pieds au sec, savent-ils dans quels abysses les écrivains vont puiser leur encre ? Le payeur est maître, dit le marché ; mais nous savons ce que le mareyeur doit au pêcheur. Alors, même si leur marchandise surabonde par les temps qui courent, éditrices et éditeurs ne doivent-ils pas aussi un peu de respect aux écrivains ? Le contrat n'est qu'une entente cordiale, jamais l'exact prix des sauts périlleux par lesquels une âme dessine une œuvre. Quel chèque peut indemniser de l'ascèse qu'exige l'écriture ? Le vrai gain se trouve ailleurs, dans l'enivrante sensation de liberté qui fait vibrer la plume, la fait danser, virevolter, l'entraîne à relier tout crépuscule à l'aurore. Et s'il y a quelques suppléments, en voici le plus beau : la fraternelle complicité entre l'auteur qui murmure et celui qui rend ce murmure audible. Sans cette complicité-là, le parcours éditorial tourne au calvaire. Faut-il que la plume soit une croix ? La mienne s'arc-boute et écrit : Non ! N'ayant pas la grandeur du Christ, je refuse de finir comme lui. L'écriture étant la chose la plus passionnelle qui soit, en ce qui me concerne, rien de tiède ne peut s'attacher à ma plume, donc, éditrice ou éditeur, selon sa loyauté, c'est quelqu'un que j'aime fraternellement de toutes mes forces ou hais, avec la même sincérité. Écrire, c'est soutenir le regard de la vie, tel qu'il est. Et demandez aux escrimeurs ce qu'il en coûte de baisser la garde. Touché par une mauvaise rencontre éditoriale, il faut vite dégager sa plume et, même déboussolé, filer sans se retourner ; il s'agit de sauver sa vie. Alors, bien que redoutant les ombres du soir, fions-nous à l'étoile du berger ; sur les traces d'Orphée, elle ne nous perdra pas plus qu'un(e) tyrannique jockey de l'édition. Nul n'a besoin d'œillères pour scruter et décrire l'arc-en-ciel, offert à tous par le même Seigneur.

Pourtant, réfractaire aux œillères et harnais, que n'entend-on ? Même enrobé de marmelade, le sermon soulève le cœur pire que l'huile de foie de morue, sa réminiscence provoquant le même effet. Un effort d'élégance le résumerait en ces termes : « Avance docilement ou va brouter des colchiques ! À regimber ainsi, tu perds ton temps et le mien ; sais-tu le nombre de tes collègues qui se bousculent devant ma porte pour un peu de foin ? Allez, sale bête, au galop ou t'iras contempler des libellules loin de mon écurie ! »

Il y a plus malheureux que les enfants abandonnés, ce sont les adultes frappés du même sort ; eux ne peuvent plus se réconforter en se disant : « plus tard, quand je serai grand… je serai assez grand pour, moi aussi, décrocher une étoile ! » Malmenés ou, pire, laissés sur le bord de la route, nombreux sont les auteurs qui ne guettent plus qu'une lueur de justice dans leur ciel d'automne. Que ne font-ils de leur plume une épée de samouraï contre l'injustice ? s'étonne un veilleur nommé Zola. Alors, voici la mienne en supination. En garde !

Éditeurs et éditrices, combien se rêvent cochers, imposant aux écrivains des pistes qui les mènent au désespoir ? Fais comme ceci, non comme cela ! Va par-ci, surtout pas par-là ! Louis-Napoléon Bonaparte commandait moins ; même exilé à Guernesey, Victor Hugo resta libre du cap de sa plume. Alors, peut-on imaginer ses successeurs affublés d'une bride ?

Si l'art n'était qu'immuables balises, le Louvre ne compterait qu'une œuvre et la tour Eiffel ne chapeauterait pas Paris ; car quel architecte aurait osé surplomber le Pont-Neuf initié par Henri III d'une nouveauté ? Des métiers d'éditeur et de libraire, nous n'aurions su que ce qu'en disent les archives ; car, quelle originalité littéraire y aurait-il encore à vendre après Dante et La Boétie ? Et, à part les enfants, dont les barbouillis effacent la mort, quel peintre aurait eu l'outrecuidance d'exposer après Michel-Ange ? Pourtant, les galeries ne se plaignent d'aucune pénurie de toiles, c'est même plutôt l'inverse. Quant aux Lettres, ininterrompues depuis des siècles, elles vivent, si vivaces qu'elles dévorent nos forêts. Le Teinturier du firmament offre son arc-en-ciel aux cadets de Vinci ; en laissant bruire Babel, Il fait toujours pousser des roseaux, afin que les scribes ne manquent pas de calames pour poursuivre la transcription de son verbe, à l'image de Thot. An-Najm ! « Le cœur n'a pas oublié ce qu'il a vu… », mais Al-Mubdi', l'Auteur, sait son vieil Univers neuf aux yeux de chaque génération, qui s'en émerveille à son tour. Ainsi, bien qu'usant des mêmes couleurs de l'arc-en-ciel et relatant la même comédie humaine, peintres et écrivains continuent de produire avec la même ferveur. Mais, s'ils frappent encore l'esprit, en dépit des bibliothèques et des musées bien fournis, quel est donc leur secret ?

Après leurs illustres aînés, quelles grâces reçoivent-ils des muses, si ce n'est une vision ? Et qu'ont-ils d'inédit à offrir au monde ? Leur propre sensibilité, leur regard à nul autre pareil, c'est-à-dire la signature unique de leur âme neuve. Gaudeamus, l'art se renouvellera tant qu'il naîtra des hommes ! Nul artiste n'est surnuméraire et nulle œuvre n'est redondante.

La brise souffle, égale à elle-même depuis la nuit des temps, mais, inhalée par de nouvelles narines, elle en sort changée : douce, suave, apaisante, caressante, vivifiante ou enivrante, qu'elle chuchote des confidences aux arbres ou passe discrètement sa route, sa description se décline autant qu'il est donné aux poètes de fleurir leur verbe. Il ne s'agit donc pas de copies, de surimpressions de palimpsestes, ni de réitérations interprétatives qui tiendraient les anamorphoses d'anciens chefs-d'œuvre pour seul apport des artistes à leur époque. Non, il est bien question de créations singulières, de graphies intimes, du style et du tempo propres à chaque auteur. Lorsqu'elle est dictée par la sincérité, l'écriture reste aussi personnelle que le timbre d'une voix, surtout, elle porte une vision du monde qui n'engage que l'auteur. Avant d'être un vecteur de transmission, le texte est d'abord la résonance d'une musique intérieure, avec l'acoustique unique à l'âme qui la compose. Alors, peut-on l'adapter aux désidératas d'autrui sans se trahir, sacrifier sa propre quête d'harmonie ? Hurlant des ordres, tirant l'auteur à hue et à dia, le cocher n'apporte que cacophonie, en sus du stress. Avez-vous remarqué l'allure d'un pur-sang, une fois son jockey expédié au diable ? Le souffle retrouvé, il danse l'alegría, même sans castagnettes. N'est-ce pas inspirant pour tout écrivain mis au trot ?

La plume a horreur de la bride ; pour tracer sa route, elle a besoin de la même chose qui garde Venise hors de la vase et tient le berger au-dessus de ses brebis : la verticalité ! Inhérente à l'homme, la verticalité nous maintient la tête sur les épaules, nous interdit de marcher, de boire ou de manger dans la posture de l'âne et du chien. Alors, faut-il s'excuser de veiller à son port de tête ? D'où qu'elles viennent, les rênes nient un droit fondamental au bipède : la liberté ! S'en défaire n'est donc pas une option, c'est une obligation éthique, la dignité humaine l'exige.

Alors, qu'auriez-vous fait, si une cavalière avait jeté sa selle sur votre dos et n'avait point cessé de vous raccourcir la bride ? Même Gandhi se serait cabré ! Pris pour un percheron, sûr qu'il aurait cabriolé de Porbandar à Popenguine. Alors, moi, qui n'ai pas son endurance ? Ma mère n'ayant pas accouché d'une mule, catapulter une cavalière de mon échine devrait-il m'inspirer quelque crainte pour le Jugement dernier ? Éditrice ou vocalisatrice, elle n'avait qu'à bien choisir son poney, pardi ! Le corporatisme des jockeys me condamnerat-il au piquet ? J'en tremble déjà, de rire. Juges et procureurs n'auront qu'à convoquer Montesquieu pour instruire sur la liberté ; un dresseur d'équidés a déjà plaidé ma cause : la docilité d'une monture reflète la délicatesse du cavalier !

I.

Le bel air du pré, avant la cavalière

Du bonheur d'écrire à la terreur d'écrire, il n'y a que le lasso d'un jockey des Lettres. Tout écrivain qui n'a jamais senti un tel lasso s'abattre sur sa plume doit remercier abondamment son Seigneur.

J'ignorais qu'une telle malédiction pouvait advenir. Oui, vraiment, si longtemps après la crucifixion du Christ, j'ignorais que Ponce Pilate gouvernait toujours, qu'il était encore possible de croiser ses sbires, mais, j'ai eu la désagréable surprise de rencontrer une fieffée membre de sa classe équestre.

Depuis, je formule des remerciements rétrospectifs quand je pense à celles et ceux qui m'éditaient jusqu'alors, sans s'immiscer dans mon tango avec ma plume, sans ruiner ma bonne humeur. Sans m'en douter, je vivais alors dans une sorte de paradis éditorial, où mes éditrices et éditeurs, curieux du monde et de ce que l'imagination d'autrui pouvait leur proposer – comme devrait l'être tout éditeur – se réjouissaient, chaque fois, de découvrir mes textes. Des textes tricotés en toute liberté, dans le secret de mes nuits alsaciennes. Jeune plume, encore émerveillée par le seul fait de voir mes livres imprimés, j'ignorais que je vivais alors une époque bénie qui, un jour, me manquerait. Je savourais le plaisir de connaître mes livres par cœur, puisque les mots mauves, les phrases, les paragraphes, les chapitres s'égrenaient dans un rythme adapté à ma respiration, que personne jamais ne désaccordait. Articulation, ponctuation, scansion, ce n'est jamais le fruit du hasard, à chacun ses intonations, ses inclinations ; déjà que nous ne souhaitons pas tous le bonjour sur le même ton. Heureux, le pélican qui trace ses arabesques dans l'azur, loin des limites d'une cage !

Longtemps, j'ai pris l'écriture pour un bol d'oxygène, un irréductible souffle avec lequel je poussais mes cris de révolte et murmurais mes odes à la vie, que les gens pouvaient choisir de partager ou non, aussi librement que j'écrivais. Quand on me parlait de l'écriture, tout sourire, je répondais : liberté ! Et, si quelqu'un insistait, soulignant la supposée difficulté de la création, j'arguais plaisir et jubilation ! Car, indépendamment de la teneur de chacun de mes livres, l'acte d'écrire a toujours eu, pour moi, quelque chose d'une transe paillarde. J'écrivais, comme les enfants se cachent des adultes et débitent des énormités qu'ils étouffent de leurs fous rires. J'écrivais, comme une jeune mariée se cache dans sa salle de bains, fait l'éloge de son prince charmant à voix haute et danse de joie, avec sa pudeur pour seul témoin. Oui, l'acte d'écrire, pour moi, avait quelque chose d'une libération jubilatoire. Ce qui me manquait parfois, c'était le temps, mais jamais l'envie d'écrire. Entre les contraintes quotidiennes, il fallait seulement le calme d'écouter le murmure des muses et confier aux pages l'harmonie qui manque à la vie. Pour ordonner le chaos sans équerre ni compas, j'écrivais, déclamais, ne réclamant au Ciel qu'un ralentissement des tours d'horloge. Hélas, le sablier !

Impossible d'arrêter le sablier des jours ! À peine dit-on bonjour Lundi, Samedi nous passe sous le nez et voilà Dimanche qui nous tape déjà dans le dos. Souhait d'hier, tentative d'aujourd'hui, qui reporte souvent à demain, à cette aube qui, évidemment, arrive toujours chargée de ses propres contingences. Et parce qu'on n'a pas le temps, on le prend partout pour écrire. Planning serré ou non, écrire c'est toujours chercher des interstices par lesquels respirer. Indifférent, le Grand Tisserand du firmament tire sur ses fils sans répit. Et de quelle trame fait-Il une vie ? Cette question en tête, on écrit pour aller d'urgence à l'essentiel. Perdues, toutes ces heures accaparées ! Accaparées par une connaissance désœuvrée qui ajoute du vide au vide, par cette incrustante belle-mère qui vous fait regretter le célibat ou cette copine intarissable d'insoutenables frivolités. Et combien de pages aurait-on pu écrire durant ce temps poliment alloué à ce hâbleur dont la glose fait dix tomes de plus que l'œuvre de Balzac ? Encombrant avec ses roues de paon ; mais, trop versatile pour être un mari, bouche-t-il un trou mieux que l'écriture ? Et ces pénibles cocktails mondains, qui ne laissent qu'une faim de loup et la frustration de conversations inachevées ? Les chronométrer pousserait au suicide. L'écriture recentre l'âme et lui rembourse toutes ces dîmes indûment prélevées sur notre durée de vie.

J'ai toujours pensé qu'écrire est l'une des façons les moins bêtes de perdre son temps. Telle une amoureuse, prête à tous les bobards pour aller retrouver son aimé, j'avais mes petites astuces pour me soustraire aux situations chronophages et répondre à l'appel de ma plume. Il est des fidélités sans laisse, celles qui ne tiennent pas de balance à culpabilités et n'alourdissent pas les épaules de grandiloquentes promesses. Épargnées par la volatilité des serments, elles arriment à la vie ; la fidélité qui me lie à ma plume est de cette nature-là. La plume, si frêle mât, mais seul mât dans ma barque. La plume porte ma voile et n'accuse que le ciel, quand les tempêtes assassinent les mirages. Cette plume, si frêle rame, mais seule rame dans ma barque, c'est bien elle qui promet un port, quand l'espoir prend l'eau. Cette plume, si modeste canne, mais seule canne à pêche dans ma barque, c'est toujours elle qui rapporte du fond des abysses de quoi tromper la mort. Alors, cette plume, qu'elle chante lalalère ou l'hallali, sa danse chasse les monstres qui hantent la nuit. Alegría ou saudade, aucune sirène n'a la voix assez belle pour me détourner de son appel. M'éclipser pour aller la retrouver m'a toujours semblé moins scandaleux que m'ankyloser de timidité ou bâiller d'ennui devant des convives.

Je me souviens de dîners vite expédiés afin de ne pas trop rogner la nuit d'écriture. Je me souviens aussi de la routinière semi-plaisanterie : « Ah, non ! Déjà ? Tu gâches encore la soirée ! » « Allez, reste encore un peu », renchérissait une autre voix, plus amicale. « Un dernier expresso pour la route ? Allez, il n'est pas si tard ! » « Euh… bon, d'accord, mais vite fait alors », concédais-je. C'était comme un rituel. Tous savaient que lorsque mon esprit quittait la table et courait vers ma dernière page, plus personne ne pouvait me retenir mais cela ne les empêchait pas de taquiner leur baraka. Combien de temps les diplomates mettent-ils à signer un traité de paix ? Pour moi, la descente d'un expresso reportait les négociations. Accolades, blagues, sourires, au revoir ! La marée n'attend pas un rameur enlisé sous l'arbre à palabres. Pardonnez-moi, chers amis, je vous aime, mais ma barque a besoin des vents du soir pour rallier le quai du jour. À bientôt !

Nocturne foulée alsacienne, une exilée sous le regard bienveillant de Sainte-Odile. Caresse du vent, un soir d'été, pur délice. Cachées dans les arbres, les fées soufflaient des berceuses, cajolaient les passants aux pas alourdis par les souvenirs d'un autre monde. Je rentrais chez moi en me souvenant d'un autre chez-moi ; pas de proue sans poupe, me disais-je. Blottie sous ses parures, l'élégante Strasbourg somnolait, veillée par Notre-Dame. Paupières closes, songeait-elle à cette autre silhouette venue d'Europe de l'Est ? Massacrant la langue de Molière, sur le quai des Bateliers, elle négociait l'étreinte de son amant d'un soir. Partout, les chats attrapent les souris, c'est ainsi. La chasse divise les créatures du Seigneur en deux groupes, c'est ainsi. La transaction n'était qu'un leurre, mieux valait regarder ailleurs, sans quoi la bulle de poésie exploserait avant d'arriver au bon paragraphe. Sous l'œil des lampadaires des feuilles d'or flottaient sur l'Ill, mais celles qui m'attendaient me fouettaient le pas. Foulée déterminée, tours de serrure, puis ce « ouf » qui voyait un oiseau s'envoler de ma poitrine. Ce n'est pas le soutien-gorge qui serre la poitrine, mais tous les soupirs retenus. La prison la plus étroite, c'est le regard, même amical. On tient, se tient, se retient. La politesse, c'est parfois une veste qu'on n'ose ôter, la torture d'une paire de chaussures, inventée par un sadique qui sanctionne la coquetterie. Se mettre à l'aise, c'est souvent s'enlaidir, l'élégance s'accommodant rarement du confort. Enfin chez soi, ouf, enfin soi !

Pendant que le corps goûtait la joie de sa libération, je sentais monter en moi l'exaltation de l'écriture. Encore une nuit de complicité avec elle ! Mon Dieu, la vie sans elle ? Rien que d'y penser suffit pour supplice. Pourtant, pause, histoire de savourer d'avance le rendez-vous. Sortie ou pas, je m'en accordais toujours une avant de commencer. Observez les athlètes, en toute discipline, une pause précède l'élan. Les préparatifs font partie de l'accomplissement de la tâche. Je me souviens, mon grand-père ramendant son filet, contrôlant sa voile, décodant l'humeur du ciel, avant de glisser sa pirogue sur les flots. En petit matelot, je me préparais, avant d'appareiller avec ma plume.

Mais, que faisait Stig Dagerman avant de se mettre à écrire ? Comment s'y apprêtait Marguerite Yourcenar ? Les poètes n'ont pas la sérénité des sourds, même leurs silences déclament des lettres au Seigneur. Quelle intranquillité les garde en veille ? Et ceux qui ne sursautent pas la nuit malgré les bruits du monde ; à quelle bonne veine doivent-ils leur si profond sommeil ?

Pan, pan-pan ! Alerte ! Allez, à l'œuvre ! entendent les poètes ; et le monde pile ses galets depuis des siècles. Cet appel abrégeait le thé de Shakespeare, le sommeil de Balzac, les villégiatures de John Steinbeck, les rendez-vous galants de Sembène Ousmane et tous leurs collègues ont renoncé à quelque chose pour écrire. Pan, pan-pan ! C'est la vie qui cogne. Et, elle cogne à fendre le cœur de Camille Claudel, à faire perdre la raison à Nietzsche, à exploser la tête d'Hemingway, à imposer le silence éternel à Stig Dagerman. Alors, pan, pan ! en retour. Étant donné que cette forcenée cognera toujours, elle peut prendre ma rame sur la figure. Chaque nuit, éreintant mon clavier, c'est elle que je cogne jusqu'à l'épuisement. Un jour, c'est sûr, j'aurai le répit, mais pas elle, puisqu'elle s'acharnera sur d'autres. À défaut de semer cette harceleuse, je veille pour l'affronter. Et comme tout soldat qui monte au front, je m'y prépare. L'écriture n'est pas l'adversaire, mais la fidèle alliée. Une douche aussi rafraîchissante que vivifiante prélude toujours à nos retrouvailles, c'est également une façon d'envoyer le marchand de sable enterrer ses patates douces ailleurs. Une nuit à dormir ! Perdre tant de temps, alors que des siècles de sommeil nous attendent ? Encore un café, libation à la nuit ! Au sablier de la Rôdeuse des ombres, mes yeux confisqueront autant de lumière que possible.

Écrire, c'est se livrer aux songes, tout en gardant une lucidité de chirurgien. À quoi se dopent les marins au long cours ? Comme eux, je devais tenir. Au chamane son ayahuasca, du vin pour Omar Khayyâm, du whisky pour Bukowski. Qu'on serve du thé au sage Cheikh Hamidou Kane, afin qu'il ne me vole pas ce café, dont j'ai tant besoin pour voir clair dans mon *aventure ambiguë*. Santé à tous ceux qui vont boire à la source des muses et la désignent aux autres ! Mes nuits trinquent en l'honneur de mes grands-parents et de ces maîtres qui ignorent le nombre de leurs disciples. Lanterne de mes nuits blanches, ma cafetière ne refroidissait pas.

Je me souviens de la première coulée, souvent à la fin du journal de vingt heures. Ensuite, venait le tête-à-tête avec l'ordinateur. Brûlantes, chaudes, tièdes, les gorgées du nectar noir se succédaient, sans détourner l'œil de la dentelle qui, peu à peu, s'étalait, remplissait l'écran. Broderie nocturne ! Puisque la vie doit se montrer belle au jour, bien sûr qu'il faut tricoter nuitamment de quoi l'habiller. Je me souviens de la halte de minuit, avancée le vendredi soir pour suivre Frédéric Taddeï et ses débatteurs dans *Ce soir (ou jamais !)*. Acquiesçant ou m'indignant, je sirotais mon café. Parce que l'oasis redonne du courage au marcheur, la pause s'apprécie courte. Écouter l'intelligence des autres ragaillardit l'esprit. Aussi, dès l'émission terminée, j'accélérais la cadence. Rac-tac, Taccas, Taccaceae ! chantait le clavier tout à sa joie. Quelle musique jouait-il ? Je découvrais ses gammes, jusqu'au petit creux qui menait aux placards de la cuisine.

Je me souviens des croquantes noix, des moelleuses dattes et de la gourmande barre d'amandes, aux environs de trois heures du matin, un supplément d'énergie qui venait à bout de l'engourdissement et faisait à nouveau chanter le clavier. Rac-tac, Taccas, Taccaceae ! À quatre heures, je ramais à bonne cadence. Je me souviens, parfois, la rame suspendue, je regardais par le velux la grande barbe blanche de ce vieillard assis sur un nuage et qui fait le tour du monde, en égrenant le long chapelet des heures qu'il ôte à nos jours. Je me souviens aussi que cette contemplation ne durait jamais, car soudain je voyais nettement une autre barbe s'agiter, plus petite celle-là, celle de mon Capitaine m'encourageant : « Rame et ne te mesure donc pas à l'Océan, c'est aussi vain que vaniteux ; essaie seulement d'être à la hauteur de ta barque ! » Rame à l'eau, je croisais l'aube, cette traîtresse arrivait toujours porteuse d'un sommeil dont je ne voulais pas. Pas maintenant, pas encore ! Une musique entraînante, quelques pas de danse pour se dégourdir, un peu de sueur, puis, une petite douche, un dernier café, et hop ! Je replongeais dans mon bonheur d'écrire, jusqu'à l'heure où les bureaucrates soupèsent et maudissent leurs dossiers. Épuisée, j'allais enfin me coucher, avec la satisfaction d'avoir pris à la nuit ce qu'elle gardait jalousement : cette encre mauve, mélange des joies et peines, cette encre qui pâlit de l'exubérance du jour. La journée commençait par une longue sieste réparatrice, dans laquelle je glissais avec des bribes de ce que j'allais écrire le soir suivant.

La sérénité, c'était la liberté de poursuivre mon sillage, sans discontinuer. Ce sillage, où commençait-il ? Où menait-il ? Au diable les têtes à boussole et les pleutres qui voyagent à la remorque, ils ignorent la beauté des rivages inattendus ! Une barque perdue est une barque d'explorateur. Redresser la mienne, veillée après veillée, suffisait à donner un sens à ma navigation dans cette vie, où l'absurdité de la mort lancée à nos trousses menace tout itinéraire de son terme. Tanguer à mon rythme, ne jamais lâcher la barre, si cela ne mène à nulle victoire, cela permet au moins de sortir de l'inertie qui anticipe la finitude, en participant résolument au mouvement vital qui recule les frontières du néant. Il ne suffit pas de respirer pour être vivant, c'est la quête pour laquelle on met son souffle à l'épreuve qui rend vivant. Et même si le chasseur de lion ne croise que lycaon, cela prouve sa journée dans la savane. Écrire me confirmait que ma présence au monde n'était pas seulement une circulation de fluides guettés par le tarissement, le fonctionnement d'une pauvre mécanique qui court à l'usure. De cette précarité de l'existence humaine, l'écriture me consolait, puisqu'elle m'offrait le passé, le présent et le futur sur la même page. Comme tout auteur, il m'était loisible d'aller puiser, aux sources d'avant ma naissance, de quoi arroser le jardin des réflexions de mon époque, dont les arbres à venir me survivraient.

Ainsi, même quand je ne serai plus qu'une ombre, je me confondrai à leur ombre. Modeste consolation, peut-être, mais consolation quand même. S'imaginer humus suffit pour voir une verdoyante forêt, donc autant de désolation en moins. Le grand canyon de la vie n'est désespérant que pour ceux qui ambitionnent de le combler, ceux-là trouveront toujours leur poignée de sable dérisoire. Or, savoir que le volume du gouffre est moins grand après chaque poignée jetée dedans suffit pour rester acteur.

Écrire, tenir tête à chaque nuit et surprendre le premier sourire du jour, c'était narguer le néant, avec la joie d'un enfant qui saute par-dessus un trou et s'étonne d'avoir les tibias intacts. *Je danse*, disait la plume, en remplissant les pages. *Puisque je danse avec toi, je suis encore là*, répondais-je, en relisant ces pages, pleines de plaisirs et déplaisirs, de rêves et révoltes. Des pages qui rendaient grâce au dieu de la poésie, qui mue les missiles de la vie en feux d'artifice. Écrire, une façon de tirer la langue au sort. Hé-hé ! Même pas mal ! Même lorsque le blues s'invitait, il virait vite à l'euphorie, car, tant qu'il me restait la possibilité d'éprouver, de nommer les différentes émotions, de déplorer ce que je trouve injuste et de dessiner les contours d'un avenir en l'espérant meilleur, cela me signifiait que j'étais encore bien vivante. N'est-ce pas, là, un intense sentiment qui vaut d'être fêté ? Écrire, c'était la célébration permanente de cette sensation. Mes nuits étaient le lieu de cette revigorante exaltation qui se justifiait par elle-même : une simple façon d'être au monde.

Longtemps, l'écriture ne m'avait posé qu'une question de temps. À part ça, je voulais écrire, j'écrivais. Et j'écrivais parce que je le voulais. Je me souviens comme ça allait de soi. C'était délicieux. C'était paisible. C'était hier. C'était le bel air du pré du Seigneur, avant l'irruption de la cavalière. Ah, le Tout-Puissant, Il aura vraiment tout créé ! y compris des êtres qui ruinent sa création. Que sa volonté soit faite ! Mais, comme Il nous éprouve au contact des injustes, nous défendrons notre création à nous, pauvres mortels, puisqu'Il nous a armés d'un libre arbitre.

II.

Le blues des écrivains

Blues ? Il n'est pas question, ici, de la romantique humeur baudelairienne, mais bien de la franche tristesse, quand le parcours éditorial laisse aux auteurs des bleus à l'âme. Aussi mortel que discret, ce blues-là contrarie l'imagination, il peint le ciel diurne à l'encre de Chine et blanchit les nuits. En avez-vous entendu parler ? Beaucoup d'écrivains en savent assez pour remplir des tomes, mais, leurs tortionnaires étant aussi leurs sauveurs, ils font les fakirs et donnent leur langue au chat de leur éditeur. Miaou ? Dégage, cannibale ! Combien d'oreilles d'auteur as-tu déjà dévorées ? Allez, ouste, lâche la mienne et descend de ma barque ! Miaou ? Ah, ce n'est pas vrai ça, lâche-moi la rame où tu finiras parmi les lottes !

J'avais déjà entendu dire qu'il existait, dans la jungle littéraire, des fauves qui se passent de poils, mais flairent leurs proies aussi vite qu'une pièce tombe dans l'escarcelle. En ce siècle du Capitalisme, embauche et licenciement tiennent la vie des travailleurs en étau. Étant de ceux qui signent les contrats comme les chèques, les fauves font et défont des carrières d'un simple coup de griffes, en vertu du pouvoir qui leur est conféré par l'Euro. Ils paraphent, l'auteur parade ; ils rient, l'auteur respire ; ils annulent un rendez-vous, sa barque prend l'eau ; ils reportent une publication, l'auteur attrape le rhume ; ils se détournent de lui, il perd le nord ; ils se retournent contre lui, sa barque coule et, s'ils en informent leurs collègues, son avenir y passe. Avec le bristol de leurs cartes de visite, les fauves glissent le destin des écrivains dans leurs poches, sachant bien que, de nos jours, éditer, ce n'est plus seulement tirer, tracter une œuvre de l'anonymat du bureau de son auteur à l'agora du lectorat. Non, pour ces fauves-là, éditer, c'est exaucer provisoirement le vœu de survie des pauvres rameurs. César avait-il autant de pouvoir sur ces contemporains ?

Et les auteurs ? À jouer avec le crocodile dans son marigot, on fait cadeau de ses jarrets ! Puisque les écrivains entendent la Cité bruire de quelques noms, ces noms qui pétrifient Paris, pourquoi ne s'en méfient-ils pas ? me demandais-je. Dans la savane, les biches ont assez de jugeote pour détaler, à l'approche des hyènes ; pourquoi les auteurs ne font-ils pas pareillement ? Eux, bêtes à plume qui passent pour choyés par Minerve et s'abreuvent sans trêve à la source des Lettres depuis laquelle ils sondent les âmes comme les astres, ont-ils moins de flair que leurs prédateurs et moins d'instinct de survie que les gazelles ? Sinon, à faire l'opossum entre les griffes des fauves, ne confondent-ils pas stratégie de survie et lâcheté ? Toujours est-il qu'à chacun de leurs rassemblements, certains partageaient leur blues. Le sujet étant rebattu pendant une pause-café, lors d'un festival du livre, je risquai les questions susmentionnées ; l'innocence ose sa bêtise tant qu'elle n'est pas guérie de sa berlue. Instant de silence, les regards fuyaient, suivant d'invisibles libellules. Bonne collègue, une aînée sourit, inspira profondément, puis déclara d'un ton fatigué : « Tu sais, les choses ne se passent pas toujours comme tu l'imagines, tu as eu un coup de bol, enfin, disons, jusqu'ici… »

Cette phrase resta suspendue, puis s'alourdit d'un soupir, et je me l'imaginai retombant à nos pieds comme un ruban mouillé. Il est vrai que l'aînée se relevait à peine d'une chute, la récente estocade d'un fauve qu'elle croyait pourtant avoir dompté depuis belle lurette. Mais, tout de même, ce « disons, jusqu'ici » ? À mon oreille, c'était tombé avec la netteté d'une hache qui s'abat. Qu'entendait-elle par là ? Était-ce un funeste présage ou bien l'amertume d'une blessée encore convalescente ? Et puis, « un coup de bol » ? M'avait-on publiée sans mérite ?

À force de sous-entendus, ce milieu vous rend paranoïaque, mais, connaissant la dame et son œuvre, j'étais certaine qu'elle n'aurait jamais insinué pareille chose, même à l'égard d'une dinde.

L'humanisme chevillé au corps, elle écrivait, militait, voyageait, débattait, s'égosillait, s'empoignait, toujours pour la dignité de la fratrie de Sapiens. Malheureusement, l'humanisme, par les temps qui courent, ce n'est assurément pas le sujet le plus rentable, d'où l'impatience de son éditeur. Ce fauve ne s'était pas contenté de lui refuser deux manuscrits, il lui avait aussi asséné de quoi garder un éléphant sur le flanc : il en avait assez de perdre de l'argent à publier ses livres qui ne parlaient que des éclopés et des culs-terreux, avait-il dit, et qu'au lieu de lui en vouloir et de perdre son temps à lui envoyer d'interminables lettres, Madame ferait mieux de trouver un sujet plus sexy. Mais peut-on trouver quelque chose de sexy, de motivant à écrire, de beau à défendre, hors de l'humanisme ? Mon aînée avait donc raison, à propos du « coup de bol » ! En effet, une obole du destin remplissait alors ma barque d'insouciance, car je n'avais jamais eu affaire à ce genre de gougnafier.

Alors que nous nous étions retrouvées seules un moment pour un café, vers la fin du festival, l'aînée, consciente d'avoir une béate novice en face d'elle, se fit un devoir de me prévenir : « Allez, ma biquette, je dois bientôt filer, prendre mon train, mais, d'abord, un petit conseil : fais attention à toi, tiens bien ta plume et, surtout, méfie-toi des loups de ce milieu. Crois-moi, c'est toujours les crocs habilement dissimulés, qu'ils surgissent dans ton asile. Au début, ils parlent de littérature et prétendent vouloir t'accompagner, mais, très vite, ils s'attaquent à ta liberté… Quant aux collègues, il y a plein de gens bien, bien sûr, mais… Allez, courage et bonne chance, ma belle, à la prochaine ! »

Sans me laisser le temps de réagir, elle s'en alla, après m'avoir collé deux bises, de ces généreuses bises, trop appuyées, qui vous souhaitent la bonne fortune tout en portant la gravité du doute. Elle s'en alla, seule. Je la regardai s'éloigner, avec la tendresse et la gratitude que l'on éprouve après avoir croisé la route d'un véritable humain. Une collègue, une mère, une sœur, une éclaireuse s'en allait, que j'aurais tant voulu retenir. Encore une belle surprise de festival, aussitôt suivie par son corollaire, la frustration de la séparation ! Les épaules accusant le poids des années de lutte, elle était partie, seule. Seule, mais souveraine, avec la foulée déterminée de ceux qui avancent, poussant leur destin au collet, une leçon. Et quelle leçon, pour moi, alors novice !

Elle s'en alla, seule. La guigne marginalise autant qu'elle élague l'entourage, et, dans ce milieu encore plus. On n'y a foule d'amis que lorsque le succès allume tous les flashs le long de la haie d'honneur. Votre vraie vie intéresse peu de monde, car pour beaucoup, la photo suffit. Ils veulent seulement votre souriante tête, à toute publicité utile, surtout pas votre ennuyeuse mine des jours soucieux. Un grand nombre d'artistes partagent la même tragédie : cette terrible et durable solitude, ce drame d'être cerné par des « amis » marchands d'eux-mêmes qui vous prennent pour un panneau publicitaire. Pourtant, qui n'a pas remarqué comme le décès d'un artiste révèle soudain foule d'amis et rend tant de gens prolixes ? Et combien sont les auteurs d'hommages kilométriques qui seraient bien incapables de dater leur dernière entrevue avec le/la défunt(e) ? Est-ce la vantardise ou le remords qui fait tant jacasser ? Quand l'ultime vérité de la mort arrive, au lieu d'improviser des fables, de grâce, chut ! Ajouter du silence au silence imposé par le Seigneur, c'est plus beau qu'un témoignage mensonger. Et, si vous tenez absolument à faire mieux, collez une tarte à Tartuffe !

Des auteurs ayant connu une expérience éditoriale similaire à celle de l'aînée partie seule en parlaient sous cape, toujours, avec un désespoir d'enfant battu. Après la confidence, leur mine en disait bien plus long. Leur regard fixait les pages qui manquaient de leur discours, à l'horizon. Mais que faire des mains, soudain si fébriles ? Le silence, alors, c'était un vent froid qui venait fort opportunément boutonner les vestes. Silence, élégante retenue ou nécessaire économie du souffle ? Peu importait. Dans leur cas, les deux options s'induisaient réciproquement. Et ces coups de langue sur les lèvres ? Soif ou non, un verre de n'importe quelle boisson était bienvenu. Le passage du serveur offrait la meilleure diversion et sauvait tout le monde de la léthargie. Un café, s'il vous plaît ! Oui, pour moi aussi ! enchaînait la tablée. Quand le cœur macère dans les soucis, même le plus corsé des cafés semble moins amer que la salive. Un peu d'eau, s'il vous plaît ! Merci, monsieur ! Il fallait bien diluer les humeurs. Mais, l'ennuyeuse sobriété de l'eau reste si propice au recueillement.

À quoi pensaient ces malheureux écrivains, une fois hors de la compagnie de leurs collègues ? À quoi pense un écrivain qui ne goûte plus à l'ivresse de la création ? Silence ! Le battement de paupières, plus qu'un automatisme, c'était une urgence avant que les mots tus ne se mettent à perler sur les joues. Dans certaines situations, il serait insoutenable de savoir à quel prix les adultes gardent les yeux secs. La part dévoilée d'un chagrin n'est jamais que la pointe émergée de l'iceberg. Aussi, quand les malheureux auteurs se réfugiaient dans le mutisme, la politesse posait le doigt sur la bouche de leur interlocuteur. Au lieu de leur tirer les vers du nez, l'empathie songeait au poids de leurs tourments.

Vers qui, vers quoi retournaient-ils, à la fin des festivals et des salons du livre ? Trouvaient-ils consolation pour s'alléger de tout ce que leur pudeur escamotait ? Quelle musique couvrait leurs gémissements ? Les pleurs silencieux sont les plus douloureux. Dans le secret de leur vie, peut-être la chaleur d'un couple, la douceur d'une mère, l'encouragement d'un père ou la bienveillance d'une amitié les gardait-ils debout ; mais, quand leurs activités les portaient loin de leur cercle familier, combien d'entre eux vacillaient au bord du précipice en donnant le change ? La mélancolie est un mal de mer ; elle met le cœur au bord des lèvres et les dents de sagesse n'endiguent pas le blues. Même si les malheureux auteurs se targuaient souvent d'avoir survécu à la houle, certains, malgré leurs dires, ne parvenaient pas à se soustraire aux souvenirs qui les hantaient. La douleur est un esprit frappeur, une fois qu'elle vous a marqué, elle revient inopinément tâter la meurtrissure. Résilience ? En mécanique, c'est une évidence, mais, dans une vie humaine, ce n'est qu'une hypothèse, une permanente tentative. Dire qu'on a gagné une bataille, c'est encore la revivre. Perdue ou gagnée, la guerre laisse des traces. Leur gueule cassée étant invisible, les blessés de l'écriture guérissent comme ils souffrent, incognito. Pourtant, au son du clairon, le soldat se met au pas. S'il venait à manquer à l'appel, les rangs seraient tout aussi serrés, mais ça, le soldat n'y pense pas. Il a signé pour le combat, il doit y aller. Même tremblant, titubant, il assume son devoir. Soldat, au pas ! En forme ou pas, en avant, marche !

L'agenda professionnel n'a cure des nauséeux, les payeurs ne sont pas là pour compter des états d'âme. Publication, promotion : communion et confirmation pour chaque livre, une dévotion. Et de quelle banque puise-t-on le courage nécessaire aux débats ? Dialogues, échanges, mais aussi les coups bas. Et ce cœur qui bondit, s'affole entre les flancs ; combien de battements par minute, devant chaque micro ? Et quand c'est fini, ce n'est pas fini, au revoir dit-on, enrôlé déjà pour un autre défi. En avant, marche ! Pampelune ou Pontarlier, il faut que le taureau descende dans l'arène pour être piqué ou gracié. Alors, sans aucune flagornerie, merci à ceux des lecteurs qui, de leur bienveillance, oignent les ecchymoses aux gladiateurs de la plume. Si les gens savaient l'autre prix, jamais inscrit sur les livres, leur lecture leur semblerait encore plus précieuse.

Après une mésaventure éditoriale, participer aux événements liés à la sortie du livre qui fut le champ d'une bataille ne fait que raviver la douleur. Interviews, émissions, tant de micros pour nos micro-courages ! Alors que la mélancolie se voudrait aphone, on lui trouve toujours des mots, en mixant le bleu de l'espérance au rouge-alerte de la détresse qui couve. La conversation, lors des rencontres ? Plus que l'accomplissement d'une fonction, une manière pour l'écrivain déstabilisé de s'accrocher à la vie par le seul bout à sa portée : le verbe. Ainsi, quand l'éditeur et les attachées de presse causent *promotion*, l'écrivain pense *conversations revitalisantes à venir*, car, bégayant, zozotant ou radotant, il mobilisera son reste d'énergie pour parler à son public comme on confirme son souffle, comme on cherche la rassurante mélodie de murmures complices. Art ! On crée, se crée, se récrée. L'artiste est lui-même un artéfact ; produit de l'évolution humaine, il est aussi fabriqué par son public, qui le valide. Sur scène, peu importe le poids du cœur, le fado reste un chant. L'art, calvaire et recours ! Toute scène a quelque chose d'une liturgie. L'art est toujours sacré : on fraternise par l'art, comme les fidèles par la communion. Raison pour laquelle, même l'artiste le plus timide a besoin de son public, a fortiori, lorsqu'il a le spleen aux trousses. Le silence éploré à demeure laisse trop entendre le hurlement des loups. Afin de s'en distraire, les auteurs malheureux s'échinent à promener leur blues du brouhaha des salons du livre à la rumeur des salles de rencontres, et vice versa. Mais dès qu'ils quittent la foule, leur belle humeur publique s'assombrit aussi vite qu'un ciel d'automne. Ce ne sont pas les soucis qui tuent, mais l'énergie que l'on déploie à éperonner le cœur pour feindre la légèreté. En privé, le clown triste ne trompe pas son miroir, sa larme factice n'attend qu'un mouchoir pour devenir vraie ; mais, devant les collègues, il maintient son masque impeccable.

Avant l'arrivée de la cavalière dans notre écurie, j'ignorais tout du harnais qui tourmentait tant de mes collègues. Rameurs solitaires, les écrivains ne sont pas faits pour l'attelage, du moins, c'est ce que je croyais dans ma candeur de débutante. Mais, dans le milieu littéraire, les mauvaises pratiques sont comme le munster d'Alsace, même quand vous n'en voulez pas, l'odeur se répand et n'épargne aucune narine. N'étant pas sous cloche, j'avais fini par comprendre que le monde de la littérature grouille de petits pachas en quête d'une monture docile. L'air inoffensif, ils vous tendent une carotte, vous caressent dans le sens du poil, louant votre talent, soulignant même votre authenticité, mais, en vérité, ils guettent la seconde d'inattention pour vous coller une bride et des œillères. « Nous ferons de belles choses ensemble ! » vous répètent-ils. Endormi, vous acquiescez, plein d'optimisme. Vous vous persuadez même d'avoir décidé, comme si, au marché des équidés, le poulain choisissait son maître ! Au réveil, même saint Jude ne pourra rien pour vous. Votre désespoir, c'est votre plume au garrot qui vous l'apprendra : certains maîtres aiment la bride courte. Ceux-là, vous travaillez avec eux pour exprimer ce que vous pensez être, eux viennent avec une idée précise de ce qu'ils veulent faire de vous. Sans caractère, dans un tel contexte, un écrivain se retrouve vite avec un organisme génétiquement modifié à la place du cerveau. Ce n'est pas écrire qui est difficile, mais la bataille pour écrire librement, poursuivre une sincère quête personnelle et la faire respecter comme telle. Certains éditeurs préféreront toujours la maîtrise d'un canal de dérivation au tumulte d'un bras de mer. Pour ceux-là, éditer revient à contenir, dévier, réorienter. Qui canalise emmure forcément. Pourvoyeurs de rêves, censés garder l'altitude de l'imagination, les auteurs brisés par une mésaventure éditoriale portent leur mal-être comme une maladie honteuse. Se plaindre de son éditeur, c'est courir le risque de ne plus se faire éditer ou, alors, très difficilement. Et combien de malheureux auteurs continuent de souffrir en silence ? S'ils se mettaient tous à parler, la si lettrée République française leur dédierait une cellule psychologique.

Les quelques fois où j'ai vu un auteur fendre l'armure, passé l'éphémère soulagement, le peu de confidences livrées presque par inadvertance lui laissait une mine confuse, une gêne toujours partagée par l'auditoire. Mais, il n'y avait pas que ce malaise, infligé au plaignant comme à ses auditeurs par la pudeur, quelques regards trahissaient de la crainte. Quand un collègue relate ses déboires, certains pour lesquels tout va bien se comportent comme les gens heureux en ménage, entendre parler d'une dispute ou d'un divorce du couple auteur/éditeur leur semble une malédiction. Alors, où que l'on aborde pareils sujets, nombreux sont ceux qui font les sourds ou s'arrangent pour dévier la discussion, lorsqu'ils ne se trouvent pas un prétexte pour fausser compagnie.

Mais, pire que la gêne et la crainte, il y avait aussi ce flagrant dédain, celui des collègues lézards, toujours incommodés par les conversations des âmes sensibles. Caparaçonnés d'indifférence et malencontreusement mêlés à l'assemblée par les circonstances professionnelles, ils roulaient des yeux excédés, ne se donnant même pas la peine de dissimuler leur agacement. S'accommodant du moule, ils préfèrent une factice proximité des fauves à la sincère fraternité de leurs collègues, tout auteur qui ose se plaindre de son éditeur ou remettre le système en question les exaspère. Un peu de solidarité risquerait de les exposer à la même calamité que le pestiféré, pensent-ils, sans l'avouer. Quand je pense à eux, un texte me revient en mémoire, mais pas l'un des leurs, un tout autre les concernant : *Rhinocéros* ! Ce ne sont que des lézards, mais Ionesco a parfaitement décrit leur mentalité : prêts à toutes les compromissions, ils se faufilent entre les fauves pour des restes de curée. Tramant leur œuvre, à équidistance du cœur battant de l'auteur de *J'accuse* et de la finesse stylistique de Yourcenar, ils habillent Molière de bure. Surtout n'ayez pas l'outrecuidance de leur parler de poésie, ils vous enverront à l'asile sous benzodiazépine. Alors, si ça vous démange de les gratter, buvez plutôt une verveine et calmez-vous. Les collègues lézards, ce sont des gens très raisonnables et tout à fait à la page. Pragmatiques, à l'ère du Capitalisme, ils préfèrent les beaux billets aux Belles-Lettres et ne vont à Thessalonique que pour la thalasso. Tout comme ils se fichent de l'immense amour de Cassandre de Macédoine pour Théssaloniké, la demi-sœur d'Alexandre le Grand, ils n'ont cure du vôtre pour l'humanité. Militent-ils pour une cause ? S'indignent-ils comme feu Stéphane Hessel l'aurait voulu ? Il arrive que les caméras leur commandent telle posture, sinon, ils ne se mouillent que sous l'averse. En toute circonstance, leur philosophie reste la même qui garde au labrador sa gamelle : ne jamais mordre !

Quand, lassés d'écouter leurs consœurs et confrères mécontents du système, ils lançaient quelques remarques, ce n'était que pour relativiser les choses, ramener les rêveurs à la réalité, disaient-ils. Piqués au vif, ceux traités de Candides se rebiffaient, fustigeant en leurs collègues lézards des suppôts du système, des traîtres à leur corporation. Évidemment, les échanges s'envenimant, il y avait toujours quelqu'un pour forcer une boutade, alors, un rire salutaire se propageait, différant la querelle. Ensuite, la bienséance simulait la gaieté, dans les deux camps. Pour les gens de Lettres, qui savent qu'un peu d'esprit suffit à rendre un enterrement hilarant, dégeler une ambiance est un jeu d'enfant. Il fallait seulement une bonne pirouette pour retomber sur ses jambes et prendre congé, sans perdre la face. La courtoisie rajustait les masques, mais, quand l'assemblée se dispersait, lézard ou pélican, chacun s'en allait retrouver sa réalité sans fard.

Une silhouette solitaire sur une route incertaine ; fuyant le poids des épaules, la tête figurait un point d'interrogation. Pour danser la valse des jours comme si de rien n'était ; à quoi se saoulent les âmes en peine ? En quittant ces écrivains malheureux, je me demandais toujours ce que leur mésaventure éditoriale avait modifié dans leur rapport à l'écriture. Certes, il n'y a pas que des tyrans dans l'édition, heureusement, mais il n'y a pas que des anges non plus. Des éditeurs qui brisent les ailes aux auteurs dans le tunnel de leur propre vision, à force d'en entendre parler, je redoutais secrètement d'en croiser un. Seigneur, épargne-nous du fouet du cocher comme du choléra ! c'était la laïque prière de ma plume, face à toute lune. Hélas, même les gnous savent que la crainte ne protège pas du loup, tant que l'on sillonne la savane.

Et, soudain, un maudit loup ! Il avait surgi en traître. Le temps de prendre mes jambes à mon cou, il avait déjà arraché ma joie de vivre ; à moins que ce ne fût un lobe de mon cerveau ? La catalepsie passée, j'essayais de poursuivre ma route, d'écrire coûte que coûte, comme la gazelle se débat pour se dégager des griffes d'un fauve. Mais chaque ligne ouvrait une piste par laquelle le loup revenait à l'attaque. Petit à petit, la plume, ce balai de sorcière qui me portait et faisait voler des rubans mauves dans mes nuits blanches, cessa de danser pour se muer en piquet. Insupportable immobilité ! Tout arrêt est mortel. Même fanées, les fleurs refusent l'inertie, elles se désagrègent et servent d'humus. Halte inopinée, des nuits à faire la statue de sel au bord du Rhin, à me dire que l'impuissance est la pire des tortures infligées à l'humain. Chaque soir, je criais en silence, donnant des ordres aux ombres. Qu'on me ranime ! Que ma plume virevolte à nouveau ! Que le père de Pinocchio me souffle dans les narines et me rende la vie ! Sinon, qu'on me réduise en poussière ! Qu'un débordement du Rhin vienne me dissoudre ! Mais le silence de la nuit, parfois, c'est une cruelle vague qui vous rapporte votre bouteille jetée à la mer. Aucun déluge ne s'abattait et le père de Pinocchio ne pouvait voir une statue de sel dans la neige. Immobile, forcément, je me faisais de la bile. À quoi sert une plume qui ne danse plus ? demandais-je à la mienne, interdite, devant la haie de points d'interrogation qui me bouchait l'horizon. Écrire, c'est ramer. Personne ne rame pour rester dans la même crique. Mais, quel plaisir y a-t-il à naviguer, si l'on n'est pas libre de choisir son cap ?

Quand un lecteur embarque dans un livre, qui suit-il ? Veut-il découvrir l'univers d'un écrivain ou les segments arbitraires qu'un géomètre de l'esprit y découpe ? Celui qui raconte le mieux un rêve, n'est-ce pas celui qui l'a fait ? Bref, les exigences des éditeurs sont-elles légitimes, lorsqu'elles vont jusqu'à changer le fond et la forme d'une œuvre ? Cuisine industrielle ou faite maison ? À l'heure où le législateur entend distinguer les restaurants qui préparent eux-mêmes leurs plats de ceux qui réchauffent des mixtures calibrées à l'usine et bourrées de conservateurs, interroger le contenu de son assiette est devenu un réflexe pour beaucoup d'entre nous. Cette vigilance, quant à la qualité de nos aliments, ne devrait-elle pas aussi s'exercer au moment de choisir les nourritures de l'esprit ? Une épidémie de gastro-entérite fait moins de mal à la société qu'une intoxication des esprits. Or, avant toute considération idéologique, n'est-on pas déjà dans l'intoxication de la pensée, lorsque le livre mis à la disposition des lecteurs ne ressemble plus à celui que l'auteur a remis à son éditeur ? Un auteur, c'est un regard, une langue, un souffle, une musique, une sensibilité identifiable à ses particularités. Le livre, c'est donc une âme qui signe son passage au monde. Alors, que vend-on au public lorsqu'un auteur ne se reconnaît plus dans un livre, pourtant supposé être le sien ? Qui falsifie une signature sur un simple chèque de banque ou tout autre document administratif est réprimé par la loi pour escroquerie. Celui qui s'accorde l'immense licence de dénaturer le texte d'autrui pour l'adapter à son propre goût n'est-il pas, moralement et juridiquement, au moins aussi coupable ?

III.

La cavalière

> « Un caractère hautain et impatient doit éviter ce qui peut éveiller des réactions d'indépendance qui risquent de lui faire tort[1]. »
>
> Sénèque

Et, l'accident est survenu ! On a beau entendre parler des vents mauvais, le naufrage surprend toujours le rameur.

Tombée dans ma vie, nul ne sait par quelle béance de l'Univers, une cavalière a interrompu la danse de ma plume et transformé mon écriture en champ de bataille, un lieu d'asphyxie. Son lasso sur le cou d'une jument, celle-ci se cabrerait, cabriolerait, galoperait de Saint-Germain-des-Prés à la pampa patagonne, pour s'en défaire. Hélas, c'est moi qu'elle tenait ! Qu'avais-je

1. Sénèque, *De la tranquillité de l'âme*, in *De la constance du sage, folio*, Gallimard, 1962.

fait au Seigneur pour mériter pareille épreuve ? Me punissait-il d'user de son verbe à ma guise ?

La cavalière est arrivée dans ma vie comme s'abat le filet épervier. Le front déterminé, les dents longues, une poigne à broyer toute nuque récalcitrante, elle s'est emparée de ma part d'oxygène. Elle venait, paraît-il, d'une autre ferme, à la terre pourtant fertile, mais elle cherchait apparemment une herbe plus verte. J'ignore qui avait eu la malencontreuse idée de l'introduire dans notre écurie, mais, très vite, elle tissa des laisses, qu'elle préféra courtes, et n'entendait pas garder sa cravache sans usage. J'ignore également pour quelles obscures raisons elle m'avait aussitôt choisie pour monture, mais elle me serra son lasso au cou, sans préambule. On ne se méfie pas assez du téléphone, quelle erreur ! Combien de mauvaises nouvelles nous tombent dessus par cet instrument ? Un coup de fil avait suffi à la cavalière pour me mettre les pattes à l'air. La surdité m'a fait défaut ce jour-là. Je m'en souviens comme Phuket de son tsunami, et m'en souviendrai toujours.

Quand tout va bien, savourons la parenthèse autant que possible ! La paix n'est qu'une grâce provisoire, un ballon d'hélium menacé par la fourche du diable. Je me souviens ! Je me délectais du calme d'une studieuse après-midi, sans me douter qu'une personne, dont je ne soupçonnais même pas l'existence, allait bientôt anéantir la liberté et la sérénité qui, jusqu'alors, accompagnaient mon écriture. Je me souviens du relâchement de ma nuque, abandonnée sur un moelleux coussin, et de mes pieds sans poids, battant nonchalamment la mesure à l'autre bout du canapé. Je me souviens aussi de la silencieuse gratitude pour le maestro qui, tout comme Bach, harmonisait mon souffle en offrant le contrepoint au battement de mon cœur. Kora, ce n'est pas qu'une musique, c'est un accord parfait du corps et de l'âme ! Une suave mélodie de Djéli Moussa Sissoko, alias Ballaké, berçait ma lecture, lorsque la sonnerie du téléphone portable retentit. Je me souviens d'avoir répondu d'une voix chantante, ignorant que je venais d'entendre le tocsin.

– Allô ? Bonjour !

– Allô. Bonjour, j'espère que je ne vous dérange pas trop, entama-t-elle ; je suis Untelle, vous ne me connaissez pas, enfin, pas encore. Bon, je vous explique : j'ai rejoint la Grande Écurie depuis le mois de… Je viens de la Ferme Bondébarras. C'est moi qui m'occupais de telle grosse huile, dont vous avez sûrement entendu parler, d'ailleurs je l'ai emmenée avec moi. Désormais, je suis votre directrice…

– Pardon, vous êtes ?

– Oui, je suis votre nouvelle directrice gnagnagna. Je crois qu'on peut se tutoyer.

– Euh…

– Ce sera plus simple. Non ?

– Euh… oui, si vous voulez.

– Parfait ! Alors, comme je te le disais, je suis la directrice… Je suis en train de constituer mon portefeuille d'auteurs et j'ai choisi de m'occuper de toi. J'ai donc récupéré ton dernier manuscrit ; je l'ai même déjà lu. Bon, j'ai bien compris l'idée du livre, mais j'ai noté quelques remarques. Deux secondes, que je m'y retrouve… voilà ! Bon, comme je te l'ai dit, j'ai bien compris l'idée du livre, mais tu dois changer certaines choses : il faut que tu resserres… Tu dois enlever ceci… Tu dois, plutôt, ajouter cela… Le livre doit être comme ceci… Et comme cela… Donc, tu dois… Il faut que tu… Il faut que…

J'enlevai les écouteurs, mis le haut-parleur et posai le téléphone sur la table basse. La voix s'échappait, affirmait, confirmait, emplissant mes oreilles d'intonations totalement étrangères. Assise sur le canapé, la tête entre les mains, j'inspirai profondément. Tout diplomate qui montrerait autant d'aplomb au premier rendez-vous mènerait son pays à la guerre, à coup sûr, pensai-je.

Non, je n'hallucinais pas ! Cette voix inconnue qui remplissait mon salon de ses volontés s'adressait bien à moi. Des années que je publiais ; jamais personne ne s'était présenté à moi comme étant « ma directrice » de ceci ou « mon directeur » de cela. La rectitude du mot « directrice/directeur » me semblait incongrue dans les ondulations de la création artistique. Madame était donc « directrice » ! En un seul coup de fil, de surcroît le tout premier contact entre nous, cette cavalière m'avait répété quinze fois « tu dois » et dix-huit fois « il faut ». Il fallait ceci, il fallait cela ! Mais que devais-je donc à cette femme ? Totalement étrangère à ma vie, elle me réclamait soudain tant de choses ! Un coup de marteau sur le crâne ne m'aurait pas davantage étourdie. Les yeux ronds devant le maudit téléphone, je faisais la carpe à marée basse. Perturbée, j'essayai malgré tout de placer quelques mots, une timide tentative d'explication après chaque impératif. Peine perdue ! Madame la directrice gnagnagna déclarait, s'autovalidait, persistait, m'assénait, en sus, d'autres de ses diktats. Et, toujours, cette frustrante ritournelle à l'entame de ses réponses.

– Oui, mais non ! Je vois ce que tu veux dire, mais non, j'ai vraiment bien lu et j'ai d'autres attentes, je préfère que le livre soit comme ci… et comme cela… Il faut que tu…

S'entendait-elle seulement ? « Il faut que tu » ! bien sûr, le trop d'injonctions tue. Et ses innombrables « il faut que » m'apparaissaient comme une horde de lansquenets lancés à mes trousses. Dire que je lisais en musique, quelques minutes avant l'irruption de cette impératrice des paragraphes et des chapitres ! Qu'avait-elle fait de ma douce rêverie et de mon paisible souffle ? Que se passe-t-il dans le corps d'une proie, à l'approche d'un fauve ? Affolement, hyperventilation ! Dans ma poitrine, l'airbag déclenché par le choc s'emballait, cognant atrocement le sternum. Quel sauveur ? Quel refuge ? Parfois, un seul être vous rend le monde inhabitable !

Le cerveau en ébullition, je m'interrogeais : la Grande Écurie envisageait-elle d'élargir son activité au cirque ? Sinon, pourquoi s'encombrer de cette dresseuse ? Mouche du coche, elle voulait déjà m'imposer un saut d'obstacles ! Avec cette jockey hurlant à hue et à dia sur mon dos, le Seigneur m'en voudrait-Il si j'en venais à faire l'âne ? J'ai râpé tant de jeans sur les bancs de l'école, usé tant de semelles dans les couloirs de l'université, aucun de mes professeurs n'a jamais eu le ton aussi péremptoire que celui de cette bonne femme. Madame avait ses préférences, certes, mais cela me regardait-il ? Je n'avais jamais pensé à elle en écrivant une ligne. Concoctant ma marmite du pêcheur, comment pouvais-je adapter mon assaisonnement aux exigences gustatives d'un palais dont j'ignorais jusqu'à l'existence même ? Et puis, cette intrusion ! Psychologiquement, elle avait tout d'un viol ; et je me sentais comme une pucelle livrée à un priapique. Plus que gênée, j'étais outrée d'apprendre que cette femme qui m'était totalement inconnue avait fureté dans mon manuscrit, alors que personne ne m'avait prévenue. Une telle exhibition de mon intimité ! Je me sentais trahie. Pour moi, un texte en cours relève de la plus secrète privauté ; je ne le dévoile qu'à quelques proches. Et encore ! Très rarement. Un éditeur qui fait lire votre manuscrit à quelqu'un d'autre sans vous en avertir, c'est comme un conjoint qui vous prête à l'un de ses potes, pendant votre sommeil. Non, je ne suis pas excessive ! C'est exactement comme cela que je l'ai vécu.

Non seulement cette personne avait fait irruption dans ma vie, mais, de surcroît, elle se prenait pour un Capitaine assénant des ordres à son moussaillon ! Alors que son intrusion aurait mérité qu'un coup de rame lui sorte le nez de ma barque, elle osait me seriner ses attentes. Elle n'avait qu'à attendre Godot, pardi ! L'écriture, c'est un cheminement individuel par excellence ; qui peut adapter sa démarche aux lubies d'autrui, a fortiori, à celles circassiennes de cette cavalière ? Saoulée seulement d'eau, j'étais parfaitement lucide en l'écoutant égrener son chapelet de vœux, que ni le Christ ni Mahomet ne pouvait exaucer. Alors, moi, avoir la prétention d'y parvenir ? Nenni ! La mer a sa vérité, un bon rameur ne présume pas de ses forces. Pourtant, durant ce dialogue de sourds, je m'interrogeais : est-ce moi qui paranoïais ou bien la cavalière qui délirait ? Traînait-elle les séquelles d'un traumatisme crânien, suite à la cabriole d'une mule aussi excédée que moi ? Ou bien avait-elle reçu, pour cadeau de Noël, le poids de sa tête en opium ? Quoi qu'il en soit, elle édictait, réitérait. « Oui, mais non ! j'ai d'autres attentes… je préfère que… » Il s'agissait bien de mon livre, non d'un œuf pondu par une poule de sa grand-mère ; mais aucune de mes réticences ne semblait pouvoir freiner les pseudo-prérogatives de Madame la rectrice éditoriale. Cette fâcheuse manie d'hippopotame, qui consiste à déborder sa mare pour aller piétiner la rizière d'autrui, elle donne vraiment envie de se mettre au kung-fu. Depuis Rousseau, les humains n'ont-ils donc toujours rien compris à la propriété privée ? Certains la limitent au périmètre d'une palissade et pataugent dans la vie des autres comme dans une baie inhabitée. À piétiner ainsi mon champ de rêves, cette cavalière risquait de marcher sur un cobra. À la fin de ses longues et insupportables instructions, elle fit mine de m'interroger, adoptant ce ton enjôleur des représentants de commerce qui ne leurre que les dindes. Comme elle, tant d'emberlificoteurs croient toujours être les seuls à connaître cette grosse ficelle de communication : ne jamais clôturer un entretien sans se montrer conciliant ; il s'agit moins de politesse que d'induire chez l'interlocuteur le sentiment qu'on s'intéresse à son avis, même quand on s'en fiche royalement. La cavalière tenait à son exercice ; n'ayant pas le gosier pour en avaler d'autres, j'imaginais ses couleuvres longeant le Rhin, elles finiraient peut-être en Amazonie, sans passer par Niodior. *Wassiâm* : lâche-moi ! répétaient mes paupières sérères en mordant la patience.

– Bon ça va, on fait comme ça ? Tu as compris, grosso modo, l'idée que j'ai du livre ; ça ira mieux comme ça, conclut-elle.

Soudain, des picotements dans mon nez ; était-ce un jus de piment qui me coulait du cerveau ? Lâche un jour, lâche toujours ! me bousculai-je, mentalement. Éternuer, tousser ne change rien au rhume, mais peut momentanément dégager les voies respiratoires. À l'évidence, si je laissais cette dame raccrocher en me prenant pour une patate douce, me réduire en purée ne serait plus, pour elle, qu'une question de temps. Alors, j'y allai, sabre au clair.

– Non, ça ne va pas ; et je n'ai rien compris du tout. Excusez-moi, mais là, pour une prise de contact, je suis carrément désarçonnée. Aucun de mes éditeurs n'a jamais procédé de la sorte. J'ai l'impression d'avoir changé d'école, de langue et de maîtresse.

– C'est normal, chaque éditeur a sa façon de travailler…

– Mais chaque auteur aussi !

– Oui, mais bon, ça ira, tu verras. Tous les auteurs ont besoin qu'on les pousse.

– Dans le mur ou à la folie ? Désolée, mais je n'ai besoin de personne pour me pousser. J'écris en toute liberté, depuis mes treize ans, et le manuscrit dont vous parlez n'est pas mon premier…

– Oui, je sais, mais tous les auteurs ont besoin qu'on les pousse jusqu'à leurs derniers retranchements, que ce soit pour le premier ou le énième livre.

– Il y a peut-être de tels auteurs, mais ce n'est pas mon cas. Si j'ai fait le choix délibéré d'écrire, c'est bien parce que la littérature est mon dernier retranchement ; je n'ai donc besoin de personne pour me pousser. Je ne suis pas une brouette !

– Houlà, doucement, t'es dure là. Tu verras, ça ira. Quand tu te seras bien adaptée à ma façon de faire, ça ira mieux. Je veux seulement t'aider. J'aime l'idée de ton livre et j'aime bien m'impliquer dans le travail d'écriture de mes auteurs. Bon, on se rappelle vite ? Enfin, je te rappellerai. Alors, à bientôt ?

– Bonsoir.

De grâce, Seigneur, surtout pas bientôt ! priai-je, reposant le téléphone comme on s'éloigne d'un objet radioactif. Boum-boum ! Bada-boum-boum ! Le cœur en tambour de guerre, combien de battements par minute ? Docteur, quelle serait mon espérance de vie, avec une telle personne dans ma vie professionnelle ?

Le silence refait, sa voix dictatoriale résonnait encore, martelant des bribes de ses propos dans ma tête. Surtout, cette appropriation : « mes auteurs, mes auteurs ! », comme qui dirait « mes chats », « mes chèvres », « mes chiens » ! En guise de cocher, la Grande Écurie avait déniché un pot de colle : mais qui donc l'avait jetée sur mon dos ? Le Rhin lave-t-il de la glu ? Pendant que je me débattais dans cette nouvelle relation humaine, les derniers rayons du soleil avaient quitté le salon et couraient se saborder dans la rivière de l'Ill. La pénombre du salon s'était, d'un coup, alourdie d'un mauvais pressentiment : au train où cette cavalière éperonnait, si sa monture ne freinait pas des quatre fers, elle finirait vite sous les ponts couverts.

Sainte Odile laisserait-elle pareille chose advenir ? D'ailleurs, que pensait-elle de ma belle journée pourrie ? Elle sonnait des cloches ; quelle heure était-il ? Je me dis qu'elle s'adressait à moi en morse : méfie-toi du téléphone, conseilla-t-elle, certes, l'allumer peut sauver une vie, mais l'éteindre aussi. Alors, une petite prière : Sainte Odile, délivre-nous des mauvaises ondes et de la bride ; faites que toute cavalière soit immédiatement aphone, chaque fois que sa cavalcade menacera un enfant d'Ève ! Amen.

Blues ! ni Bach ni Gabriel, seulement une vague ballottant l'âme dans les sombres méandres du blues ! Seigneur, la paix ou la pelle, décide ! mais que ne décides-tu pour de bon ? Ainsi attendais-je. Que l'on soit croyant ou athée, les soirs inquiets sont soirs de prière, ne serait-ce qu'à la lune ; cette lune où l'esprit part en vadrouille par peur du monde.

Désorientée, je passai la soirée à mâcher, mâchouiller les grumeaux de cet absurde dialogue : « Tous les auteurs ont besoin qu'on les pousse jusqu'à leur dernier retranchement ! » Existe-t-il une tranchée plus reculée que celle de l'écriture, dans laquelle les baffes dans la gueule et les coups de pied au derrière m'ont expédiée depuis la prime adolescence ? Qu'est-ce que ce langage de tortionnaire ? Et puis, d'où tenait-elle de telles balivernes ? C'est comme si elle avait suivi un inconnu jusqu'à la salle de bains et s'était mise à cogner à la porte, intimant : « Tu veux te laver, d'accord, mais ce sera selon mes indications. À mon top, tu commences par la joue gauche, ensuite le talon droit… »

En lisant « salle de bains », ici, sachez que je me suis retenue, par égard pour ma grand-mère qui m'aurait reproché de ruiner son éducation aux yeux du monde, si j'avais écrit « toilettes » à la place, car, imaginez ce qui logiquement devrait suivre. Alors, si vous rectifiez, ne prétendez pas avoir lu la suite sous ma plume ou Sangomar s'occupe de vous.

En vérité, on a beau éviter les pâquerettes, difficile d'avoir une plume aérienne alors qu'une cavalière vous met au garrot. « Tous les auteurs ont besoin qu'on les pousse… » Prend-elle la littérature pour un caddie de course ou pour un fauteuil roulant ? Puisqu'elle aime pousser, pourquoi n'allait-elle pas redresser la tour de Pise ? Pour sa gouverne, j'ai toujours fixé le cap, remorquée par l'étoile du berger. Et, dans ma modeste barque de papier, je n'entends céder le gouvernail à nul amiral, surtout autoproclamé. Madame pouvait s'inviter en corsaire dans ma navigation et se prendre pour Christophe Colomb, si tel était son rôle dans la Grande Écurie ; en revanche, me dérouter, ça, pas question. Elle briguait le capitanat dans ma barque, je n'entendais pas céder la barre ; la bataille navale n'était donc pas une option, elle m'en faisait une obligation. Avait-elle déjà goûté une rame niominka ? Taillée dans le caïlcédrat, elle vous envoie un athlète parmi les lottes !

« J'ai choisi de m'occuper de toi ! » avait-elle dit, comme si ma grand-mère venait de l'engager comme nounou ! Non, merci, ça fait longtemps que je ne suce plus mon pouce ; et je parle bikini, pas biberon ! Elle n'était pas censée s'occuper de moi, mais de son travail d'éditrice et moi, du mien. Il s'agit d'une collaboration, non de la formation d'une apprentie en alternance, encore moins d'un maternage. Est cynique qui dira que je le suis ; car, comment ne pas avoir en horreur ces abus de langage ? Cette manière d'infantiliser les artistes, d'annihiler leurs velléités pour mieux les manipuler. « Je veux seulement t'aider », traduit en langage honnête, cela signifie : avale les couleuvres que je t'impose et écrase-toi sous ma semelle.

« J'ai choisi de m'occuper de toi » : d'un coup, une fée daigne se pencher sur votre berceau ! Eh non, c'était plutôt : d'un souffle une divinité créa son monde, me réduisant au rang de bonne poire, choisie sur l'étal des Lettres de France. Elle avait son moule à tarte déjà prêt pour mon cerveau. Que pensais-je de son choix ? Peu lui importait ! Les poires n'ont pas d'avis, les agriculteurs le savent bien : au marché ce sont les acheteurs qui tâtent, trient, choisissent. Après une longue analyse de ce coup de fil initial, je me dis qu'il n'augurait rien de bon.

Pourtant, après quelques jours de réflexion, je signai un contrat intime : ne pas me laisser abattre, toujours privilégier le dialogue, éviter le clash autant que possible. Le temps ! Le temps arrangera les choses, se dit-on toujours, avec une foi de parieur. Hélas, les semaines, les mois se succédaient, confirmant ma première impression : rien, absolument rien dans les méthodes de travail de cette femme ne me donnait l'envie de l'avoir comme éditrice. Aussi tenace qu'intrusive, elle s'accrochait vaille que vaille, saisissant tous les prétextes pour expliquer, détailler l'autorité plénipotentiaire que son titre lui conférait sur mon texte. Et, selon elle, c'était le droit de m'imposer ses vues, pour chaque thème, chaque paragraphe, chaque page, chaque chapitre. Nous étions supposées collaborer, mais le tennis de Madame se jouait d'une seule raquette ! Même mon expression linguistique devait passer au filtre de ses convenances à elle. Ce n'était pas que ma flopée de métaphores qui lui filait de l'urticaire, elle voulait ma pensée sur les rails de la sienne.

J'ai vite compris que mon cerveau était superflu pour Son Altesse éditoriale cavalière. Mais, ces yeux perçants de pélican du Saloum, à quoi servaient-ils ? Puisque je ne vivais pas dans une tribu de chasseurs-cueilleurs et ne taquinais pas la truite dans le Rhin, si ma plume devait se passer de mon regard, à quoi servait ma vision ? N'est-ce pas ce que je suis censée partager dans mes livres ?

IV.

La littérature : gastronomie ou cuisine industrielle ?

De nos jours, qui écrit les livres qui vous sont vendus ?

Telle chose est-elle artisanale ou industrielle ? Nourriture, vêtements, bijoux, mobilier, objets de décoration…, les consommateurs scrutent, pèsent, soupèsent, interrogent naturellement la qualité de ce qu'ils achètent. Devenue récurrente à l'ère de Tinguely, cette question ne dérange que les loustics qui font passer des vessies pour des lanternes.

Alors, création artisanale ou industrielle ? Plein de fines bouches qui mangent bio, le monde de la Culture, particulièrement celui des Lettres, peut-il reprendre cette question à son compte ? La littérature d'aujourd'hui produit-elle des pièces uniques ou bien formate-t-elle éhontément des bricoles interchangeables, façon mobilier en kit ? Sainte-Beuve, qu'aurais-tu répondu ? Et les écrivains, eux, comment se voient-ils ? D'opiniâtres artisans, rivalisant de minutie avec les orfèvres de la place Vendôme, ou bien des ouvriers à la chaîne, produisant diligemment du livre en série ? Et, s'ils calibrent du livre en série, qui décide du contenu comme du canevas ? Socrate sera-t-il seul à pardonner mon ignorance qui compte des caries dans la gueule du loup ? Bête à plume, tout ce que je sais, c'est que je ne sais rien et que j'aimerais bien savoir à quoi m'en tenir, quant au cap de ma barque. Me coupera-t-on la langue, si j'ose les questions suivantes : de nos jours, qui écrit les livres ? Nous, qui nous parons du titre d'écrivain, le sommes-nous tous vraiment ? Certains ne s'en emparent-ils pas comme d'un colifichet ?

Nous qui nous disons auteurs, marchons-nous, ne serait-ce qu'en tâtonnant, dans le sillage stylistique de la délicate Yourcenar ? Et combien d'entre nous suivent la voie humaniste de Montesquieu et de sa fratrie, les Goethe, Zola, Sembène Ousmane, René Char et tant d'autres partageant cette même foi en l'humain ? Dame Yourcenar, révérence ! pour la leçon d'élégance de ta langue ciselée au burin ! Sembène Ousmane, Ceddo, *guathié ngalama* : respects ! pour ton inextinguible indignation qui ne réclamait que la dignité de l'ensemble du genre humain. Agitant nos plumes, de salon du livre en festival, combien d'entre nous honorent le legs de tels aînés ?

Senghor, depuis Sangomar, souris-moi ! Kôrmâma, *diokandial* : merci ! Sédar, Kôr-Colette, dis-moi : lisant Saint-John Perse et tant d'autres de tes aînés, ne rêvais-tu pas secrètement, comme tout bon disciple, de porter dignement le flambeau de tes modèles ? Allez, passe-nous le tien pour toujours étayer le dialogue des peuples ! Balzac, ne reviens pas – avec l'inflation, le père

Goriot n'aurait pas pu marier ses filles –, mais, arrête de boire du café au Paradis, accorde-moi une minute et révèle-moi le secret de ton œuvre : à quel sacerdoce t'étais-tu astreint pour réussir à écrire ta colossale *Comédie humaine* ? Dans ton dos, l'entregent, paraît-il, fait carrière plus facilement que le travail de qualité ; alors, dis-nous, assistais-tu à tous les banquets parisiens ? Faisais-tu des infidélités à ta plume pour ces interminables cocktails où les courbettes valident des carrières ? Face à l'hyperproduction actuelle, n'est-on pas seulement fou de bon sens en se demandant : gastronomie ou cuisine industrielle ?

Même si les grandes maisons de couture gardent leur prestige, nous savons que l'industrie textile remplit ses caisses en commercialisant du prêt-à-porter. Dans ce domaine comme dans bien d'autres, la standardisation à outrance est le corollaire de la consommation massive, elle-même rendue nécessaire par la course à la rentabilité. Cédant aux mêmes sirènes, l'édition s'est mise à fabriquer des livres-fastfood, aux ingrédients prédéfinis, l'assaisonnement étant adaptable, au gré des circonstances, à n'importe quel nom sur la jaquette.

Hommes politiques, vedettes de la chanson ou du cinéma, starlettes de téléréalité, victimes d'événements plus ou moins graves, sont légion à publier des livres qui n'ont que leur poids saisonnier dans les tabloïds. Abraham, Jésus, Mahomet et Bouddha sont dans les livres ! Aussi, beaucoup de personnalités publiques considèrent le livre comme l'ultime galon nécessaire à la validation de leur stature, quelle qu'elle soit. Est-ce parce que la plume figure une miniature de la canne de Moïse, fendant chemin à travers les flots, qu'on trouve toujours un malin pour dégainer la sienne et s'improviser berger ? Pourtant, nul besoin d'aller voir l'ophtalmologue pour constater que certaines cannes ne guident même par leur porteur hors des fourrés.

Si la légitimité de dire ou d'écrire est à tous, le talent pour le faire ne se répartit pas aussi équitablement. En vérité, combien de ces livres-people devons-nous vraiment au nom inscrit sur la jaquette ? On ne trahit aucun secret en affirmant qu'il ne s'agit bien souvent que d'anecdotes éparses, des enregistrements ou des moutures informes que des éditeurs font réécrire par des rédacteurs tapis dans l'anonymat. Ces livres, d'une structure toujours élémentaire, visent à susciter chez les lecteurs des émotions également dénuées de complexité : l'envie ou la pitié. Le rédacteur choisit la brosse à reluire ou le paquet de mouchoirs, selon l'humeur de sa doublure, qui peut embellir son témoignage au fur et à mesure de ses cocktails mondains ou l'assombrir par la cuisante nostalgie d'une gloire ensevelie dans un album photos. Moins exigeants que les couturiers avec leurs mannequins, les plumes de l'ombre se contentent de tricoter de quoi flatter toutes les carrures. Peu leur importe si, quelques fois, le lecteur peine à ajuster le livre au phrasé de celle ou celui qui se l'attribue crânement sur les plateaux de télévision. C'est devenu si fréquent de voir, dans certaines émissions, des invités qui ne se souviennent pas de pans entiers du texte qu'ils prétendent avoir écrit. On sait que l'exceptionnel se banalise à force de réitération. Avoir recours à un écrivain fantôme fut longtemps un secret gênant ; leur honneur sur le billot, ceux qui en étaient accusés se défendaient farouchement, plutôt que d'avouer, même quand tout Paris était au courant. Maintenant, certains en font le signe de leur accession au rang de star. Alors, qu'adviendra-t-il de la littérature, si cette manière de fabriquer les livres des non-écrivains devenait la norme dans l'édition ? Si, pour les éditeurs, publier devient synonyme de réécrire et formater, que restera-t-il de l'implication de l'auteur dans son œuvre et de l'authenticité de son univers qu'il est supposé faire partager au public ?

De nos jours, qui écrit vraiment les livres qui font bruire les rentrées littéraires ? Des auteurs s'usant pupilles et fessiers à démêler, ordonner, structurer ce que leurs neurones glissent sous leur plume ? Des écrivains aiguisant patiemment, consciencieusement leur vision du monde, la soumettent telle qu'elle existe à leurs lecteurs ? Des auteurs comme cela, bien sûr, il y en a. Mais, y en aura-t-il encore pour longtemps ? Pangloss murmurant à l'oreille, on aimerait le croire, mais ce serait ignorer l'impact des jockeys des Lettres qui se réclament éditeurs, alors qu'en réalité ils n'ont de ce métier que la carte de visite.

Ceux-là, membres de la tribu de la cavalière, ils jettent leur lasso au cou d'un écrivain, le traînent et l'entraînent loin, très loin de tout ce qui a fait sa foi en l'écriture. « Je suis éditeur ! Je suis éditrice ! » martèlent-ils, vous faisant ainsi l'injonction de les accréditer d'un amour des Lettres, pourtant aussi hypothétique que l'amour des requins pour les pastèques. Quand, naïf, vous leur parlez de littérature, ils vous répondent marketing ; vous creusez une idée, ils vous précipitent le moral dans un puits ; vous déployez une réflexion, ils imposent un périmètre à votre âme, en vous prédisant l'ennui du lecteur, car, bien sûr, leur prétention sait tout du lecteur, supposé idiot n'attendant que des barbes à papa !

Les aspérités de l'âme, les méandres des sentiments, les questions existentielles, un jockey des Lettres n'en a que faire, les chiffres de ventes le passionnent plus que la qualité littéraire. Prêt à désépaissir votre œuvre par tous les bouts, vos neurones l'encombrent. Si vous avez le culot d'évoquer la moindre logique narrative, il s'offusque, s'impatiente ou vous envoie brouter des pissenlits loin de son pré carré. Sans savoir, il sait tout ! Ignorant d'où vous vient votre sujet et les raisons pour lesquelles il vous tient à cœur, le jockey des Lettres se targue de savoir mieux que vous comment doit être votre livre. Ventriloque ou prestidigitateur ?

Et, pour vous ôter toute velléité de vous défendre, vous et votre travail, les jockeys ont une phrase-assommoir : « Les écrivains sont des gens susceptibles, des hypersensibles avec un ego surdimensionné. » Soit ! De l'ego, il en faut à tous pour affronter le jour. Mais, que dire alors de l'ego de ceux qui veulent absolument tenir la bride aux écrivains ? Le cocher n'est-il pas forcément plus prétentieux que sa monture ? Et puis, qui trouve son âne idiot n'a qu'à compter sur ses propres guiboles ! Si la monture ne fait pas le cavalier, nous savons qui voyage sur le dos de l'autre. Sans aucune langue de bois, reconnaissons que les écrivains doivent leur carrière aux éditeurs, qui eux-mêmes doivent la leur au talent des écrivains. Car, qu'auraient-ils à publier, si les auteurs leur rendaient des pages vierges ? La question de la primauté entre l'œuf et la poule ne se pose donc pas. Sans œuvres d'art, point de marchands d'art. Réussie, la collaboration auteur/éditeur bénéficie réciproquement aux deux ; c'est un courant circulaire d'intérêts, donc, comme tout cercle, il tire sa perfection de la jonction de ses extrémités.

Il en va du livre comme du bébé, qu'il soit moche ou magnifique, l'accouchement précède les bombances du baptême. Avant la vente d'une œuvre, il y a d'abord la nécessité de sa conception et cela fait bien évidemment de l'artiste le socle de toute entreprise faisant commerce du fruit de l'imagination. Certes, quand les potiers sont nombreux et affamés, le marchand de poteries peut les toiser depuis son comptoir rutilant, oubliant qu'il doit sa fortune à leurs sales doigts rabougris. Mais cela ne décourage aucun potier ; passionné par son art, l'artiste plonge ses mains dans la boue, encore et encore. En tirant des féeries de la glaise, il savoure la victoire remportée sur le néant. Pour mettre un peu de son âme dans chacune de ses œuvres, il songe à la joie des esthètes qui les chériront, non à l'arrogance du marchand qui les rendra disponibles. Cette réalité du potier est également celle de l'écrivain, avec une différence de taille : le marchand de poteries ne débarque pas dans un atelier avec un marteau pour concasser et remodeler des œuvres à sa guise, contrairement à certains éditeurs, les jockeys des Lettres. Comme la vache cède son lait à qui lui donne du foin, l'écrivain sait le rendez-vous avec l'éditeur incontournable. La nature de ce duo reste déterminante dans la vie d'un auteur, car cette alliance vitale peut malheureusement virer au rodéo. Il suffit d'une tenace cavalière, suivant sa piste balisée, imposant ses œillères à toute tête et serrant la bride sans retenue pour mettre un auteur sur le flanc. Depuis que j'en ai croisé une, rien que le souvenir me replonge en prière ; et je ne suis pas la seule ainsi hantée.

Sangomar, Jésus, Mahomet, Bouddha, quel que soit le nom de votre Dieu, les écrivains l'implorent d'une seule et même voix : Seigneur, garde-nous hors d'atteinte des jockeys des Lettres ! Sensibles à leur calculatrice, mais indifférents à notre amour de la langue de Molière, ils nous font ravaler la nôtre. Cherchant une ligne droite vers les meilleures ventes, les pirouettes d'une plume leur semblent d'inutiles manières. À l'Opéra des Belles-Lettres, ils n'assistent aux ballets que pour estimer le potentiel commercial des danseuses, non pour applaudir leurs entrechats. Seigneur, s'il leur faut vraiment une selle, accorde-leur un hamac à hauteur de leur poids, mais au fond de l'Amazonie, loin de mon échine. Rameuse, je rame, slalome d'un bras de mer à l'autre, au gré des marées de la vie ; eux plantent des piquets dans leur écurie, où même un âne se serait laissé mourir de désespoir.

Au train où ils vont, réforme gouvernementale ou non, leurs exigences hâteront la retraite d'un bon nombre d'écrivains. Vous leur rendez un manuscrit, ils s'intéressent d'abord au nombre de pages et dégainent une tronçonneuse. La maigreur étant à la mode, les jockeys des Lettres exigent une littérature aussi diététique qu'une soupe de poireaux : vite mitonnée, vite vendue, vite digérée, vite oubliée. Seigneur, éloigne-les de ma route ! Petit matelot de l'Atlantique, entraînée par la brise de Sangomar à voyager libre avec les pélicans, une cavalière voudrait figer ma rame et m'habituer à sa soupe à l'oignon ? *Nane-kâne !* Jamais oreille n'entendra que je me suis pliée à la volonté d'un jockey ! Mes papilles réclamant du barracuda, ma rame osera toujours le large. Et, il y a tant d'autres raisons de préférer l'Atlantique à la terre ferme.

Seigneur, l'Audient, avez-vous entendu comme ils nous parlent ? Plusieurs confidences l'attestent, certains auteurs vont en rendez-vous avec leur éditeur, comme on se présente devant le procureur. Et nombreux en sortent jugés, sermonnés, puis condamnés aux travaux forcés : déconstruire, édulcorer, raboter, recalibrer leur texte pour se conformer à la chaîne de production ; il s'agit de donner aux œufs de pélican la taille de ceux des moineaux. Les professeurs étaient moins sévères au collège et bien plus sensés. En rendez-vous professionnel, le jockey des Lettres n'est pas là pour écouter vos explications, mais pour vous faire comprendre que votre avis est superflu. Ils ne sont d'accord avec un auteur qu'à sa mort, quand l'émotion de ses lecteurs rapporte des millions et renfloue les caisses. Alors, face aux caméras, son jockey, oubliant les rendez-vous orageux, se vante d'avoir jardiné et fait fleurir ce bel esprit dans la plus amicale complicité. Pourtant, c'est de notoriété publique, la plupart des auteurs meurent dans l'affliction du dénuement, car, payés au lance-pierres, ils ne sont généralement riches qu'à titre posthume. Vivant, ce n'est pas votre créativité qui intéresse le jockey, mais ce qu'il peut en tirer pour vendre le maximum. Si vous êtes un pélican, alors que les manchots se vendent mieux, il vous brise les ailes sans états d'âme. Et si vous trouvez à redire, il vous rappelle que votre plume est à vous, mais que votre gamelle lui doit obéissance.

À moins d'avoir l'orgueil d'une moquette, on ne peut qu'être vexé au sortir de tels rendez-vous. Personnellement, outre le sourire et le désir d'écrire, chaque entrevue avec la cavalière me coûtait un lobe du cerveau. Alors, si vous remarquez des incongruités dans ce texte, ne reprochez rien à vos lunettes, ce ne sont là que les séquelles de cet accident de parcours éditorial. Avec cette nouvelle espèce d'éditeurs, l'argumentation ne sert qu'à vous vider de vos forces et à vous renvoyer, exsangue, à cette effroyable impuissance existentielle, contre laquelle vous aviez justement choisi l'écriture comme refuge. N'est-ce pas là un double malheur pour le pauvre écrivain qui, fuyant les loups, croise un autre fauve ? Seigneur, si le refuge devient la geôle, dis-moi, la vulnérabilité est-elle le seul gîte permanent pour l'humain ? Le prochain qui osera me parler de Lourdes ou de Ramadan, ma rame l'enverra prier parmi les requins. Carême, Ramadan comme Noël, je me gaverai de tartes aux pommes avec d'énormes boules de glace vanille, il faut bien se consoler, tant qu'il plaira à l'Arbitre de nous garder hors de son Paradis, à nous confronter aux jockeys comme aux innombrables loups, tous, ses créatures. Oui, le Tout-Puissant a aussi été capable de nous infliger de tels colocataires ici-bas !

Diogène, reviens ! À défaut de te débusquer des humains des fourrés, ta lanterne a-t-elle au moins éclairé une piste par laquelle fuir tous ceux qui terrorisent les enfants d'Ève ? Dis à Goethe que nous nous soucions toujours de l'ensemble du genre humain, mais que, de nos jours, cela même pose un souci à ceux qui naguère rendaient audible le prêche des écrivains, missionnaires de la paix et de l'humanisme. Frustrés, ces derniers deviennent aphones et portent le deuil de leur plume. Ainsi, les jockeys des Lettres privent le monde de ces voix qui ont fait Byzance, Al-Azhar, Oxford, Padoue, Tombouctou, la Sorbonne, Strasbourg et tant d'autres lieux de savoir ; car, sans les écrivains, qu'y aurait-il à enseigner ? Il n'y a pas de savant sans plume, car, lorsqu'il existe, la stèle le musèle à jamais. L'Afrique a perdu tant de ses philosophes de la sorte ; de ce fait, Kocc Barma passe pour un personnage folklorique, une simple légende sénégalaise. Oui, qui écrit, décrit, peint, dépeint, corrige et valorise les siens. Ainsi, ceux qui ont écrit se sont approprié toute la lumière de l'histoire humaine, alors que le soleil de Râ éclaire toutes les contrées, sans exception. Aucun peuple n'a attendu l'autre pour percevoir sa part de lumière. Mais, faute de plume, combien de ses géants intellectuels l'Afrique a-t-elle perdus ? Au point de perdre la joute, quand d'autres fanfaronnent, encensant même leurs nains de jardin ! Écrire, c'est soustraire le monde aux ténèbres et le mener vers demain.

On écrit pour essayer de comprendre, pour expliquer, s'expliquer, transmettre et proposer une issue de secours pour soi comme pour les autres, mais les jockeys n'ont pas le temps d'écouter des élucubrations de poète et le chiffre d'affaires interdit de gâcher du papier à les publier in extenso. Où nous mène leur business ? L'encre de la plume, c'est le fleuve qui charrie le plus sûrement le savoir humain d'un coin du monde à l'autre et d'une génération à l'autre ; donc, l'endiguer ou l'assécher, ce n'est pas que museler un écrivain, c'est également appauvrir l'humanité entière.

Si la littérature est un instrument de musique entre les mains des écrivains, je l'imagine majestueux et capable de verser le talent de Bach à mon oreille, c'est donc un violoncelle ; mais, où est l'archet ? Aux mains des éditeurs, évidemment ! Allez, apportez donc l'archet ! Je ne suis pas la Callas, mais je chante à ma façon, avec, dans le cœur, quelque chose du blues de Nina Simone. Alors, je perds parfois la voix, mais, si, mélomane, vous répondez au *la* de Molière comme moi, jouons de concert ; et la suite sera belle !

Incontournables pour une bonne musique du monde, le duo auteur/éditeur n'a d'autre choix que de chercher l'harmonie. Et le dialogue, si cher à Senghor ? Même les plus dépités parmi les écrivains voudraient pouvoir compter dessus pour changer la donne. Mais si vous saviez le massacre qu'en font certains jockeys, même le pondéré Sédar, s'il était revenu d'outre-tombe avec un manuscrit, il aurait fini par les saluer à coups de poing. Foutez la paix à la troupe d'Orphée ! aurait-il hurlé, en toutes les langues. Et les jockeys ne l'auraient même pas laissé finir un vers ; dictant leur agenda, le marché les rend impatients. Très occupés à courir plusieurs lièvres à la fois, ils obéissent à leur montre et déjeunent souvent sur le pouce. Fidèles à leur menu, ils exigent des auteurs les mêmes amuse-gueules. À quoi bon leur proposer une nouvelle recette ? Alors, un plat fait maison ? Certains leur remplissent les librairies comme Marie, les rayons des supermarchés de barquettes surgelées, et le micro-ondes suffit aux cavaliers des Lettres pour manquer de respect au génie d'un Paul Bocuse.

Alors, la littérature actuelle, gastronomie ou fast-food ? L'avocat du diable me dira que l'une n'empêche pas l'autre, car « tous les goûts sont dans la nature ». Bien sûr, même les becs fins sont d'accord, mais c'est exactement pour cette même raison qu'il faut veiller à ce que l'une des cuisines ne chasse pas l'autre de notre table. Tous les goûts étant chez les auteurs comme chez les lecteurs, la littérature peut-elle adopter les mêmes règles que la restauration rapide, sans perdre son âme ?

V.

Les bâtisseurs de cloisons : hérésie littéraire

Une personne, nom et prénom ; n'est-ce pas amplement suffisant pour signaler un Sapiens à d'autres Sapiens ? Hélas, toujours, les inquisiteurs en demandent plus aux enfants d'Ève. Alors, avec ma plume mauve, dansant le french cancan depuis le Saloum et le samtamouna sérère de Rhin en Seine comme de Seine en Rhin, qui sommes-nous pour les taxinomistes ? Aiment-ils les orchidées sauvages ? Sous quel pavillon rangent-ils les barques variant de port ? Trêve de tergiversations ! Je me présente, mathématiquement : créature du Suprême Designer, impossible équation pour les huîtres, je suis = une personne + tout ce que vous voulez – tout ce que je ne veux pas. Alors, calculez : de combien d'enclos, de combien d'écuries, dois-je m'évader pour avoir enfin le droit de gambader, libre, sur le pré du Seigneur, en n'étant que moi-même ? Comment se fait-il que les mustangs d'Amérique et les chevaux du Namib soient plus libres que les humains ? Est-ce parce qu'ils n'ont rien à se disputer en humant l'air ou parce que leurs déserts restent vides d'humains ?

Bipède, vous venez d'Afrique, vous êtes une femme, vous écrivez, en langue française, de surcroît votre pays d'origine compte une majorité de musulmans. Pour chaque virgule de la phrase ci-dessus, comptez une cloison aussi haute que celles de la prison de Fleury-Mérogis, puis, ajoutez le point final, c'est le mur d'enceinte, ensuite, vous entendrez les tours de clef comme les prisonniers. Si cette situation est aussi la vôtre, recevez mes sincères condoléances pour votre défunte liberté ; tous mes encouragements pour la permanente vie de fugitif et l'éternelle plaidoirie qui ne vous sauvera de rien, le jugement étant fait d'avance.

Alors que le mot « littérature » est assez vaste pour abriter les pérégrinations de tous les oiseaux, les ornithologues des Lettres persistent à nous baguer. Littérature, africaine, francophone, féminine, déjà trois boîtes enchâssées, desquelles il faut s'extirper pour voir l'horizon. Malheur ! Les bâtisseurs de cloisons ne cessent d'en rajouter d'autres ! Style, thématique, genre littéraire, tout est prétexte pour ériger un autre mur autour de nous. Nouvelliste, romancière, essayiste ou poète ? Comme si le mot « écrivain » ne suffisait pas à dire tout cela. Taxinomistes, je vous l'ai pourtant déjà dit : si vous ignorez où me classer entre les limaces et les girafes arrêtez de me compter des rayures de zèbre, prenez-moi pour une orchidée sauvage et laissez-moi humer la brume, en lisière de vos jardins bien taillés. Libre, ma plume slalome hors de vos sentiers et ne demande qu'à butiner, avec les papillons, toutes les sortes de fleurs. Est-ce trop demander ? Depuis le temps qu'on vous dit de construire plus d'écoles, mais vous multipliez les enclos ! L'école fait pousser des ailes, la prison les brise. Cet acharnement à faire tenir les écrivains dans une cage s'oppose à ce qu'est fondamentalement la littérature, un entrelacs de bras de mer qui naissent tous du même Océan de l'existence humaine et convergent vers lui pareillement.

Si, comme le rêvait Goethe avec sa *Weltliteratur*, la littérature se soucie vraiment de l'ensemble du genre humain, toute barrière séparant l'humain de son frère n'est qu'une hérésie contre le projet littéraire lui-même. Et l'auteur ? Évidemment, s'il est consigné dans ses origines et ses thématiques délimitées par les appartenances, c'est son œuvre tout entière qui se trouve bornée, empêchée, emprisonnée dans une crique, interdite d'accès aux bras de mer par lesquels elle est censée rallier les autres parties de la communauté humaine. Les bâtisseurs de cloisons ne font pas du tort qu'aux écrivains, ils rétrécissent également l'horizon des lecteurs, en segmentant les œuvres proposées. Raison pour laquelle, avec ma plume mauve, nous essayons de venir à bout de notre geôle. Ni la cavalière ni les Crésus des Lettres ne devraient arbitrairement restreindre notre liberté, en littérature comme dans la vie. « Voilà qui tu es, donc, voilà ce que j'attends de toi… », ce syllogisme essentialisant résume la manière de faire de certains éditeurs, persuadés que le poids de leur bourse autorise leurs désirs les plus farfelus face aux auteurs. Alors, si votre plume vient d'Afrique ? Eh bien, si vous n'écrivez pas de quoi ressusciter Tintin, certains vous en voudront de ne pas réaliser leurs fantasmes.

La littérature africaine sera majeure, quand on n'aura plus besoin de la localiser systématiquement pour l'apprécier. Elle sera adulte, quand chacun de ses auteurs revendiquera franchement son propre cap, en artiste libre, en Capitaine assumé de sa propre barque, ne cherchant plus sa sécurité dans la grégarité d'un équipage rassemblé sur le seul critère de la couleur. Elle sera adulte, quand ses auteurs ne seront plus différenciés sur la scène internationale par leurs origines mais par leur style, leur imagination, leur seul talent. Elle sera majeure, quand nos lecteurs chercheront dans nos livres autre chose qu'un supplément d'un *Guide du Routard.* Lire un auteur africain, ce n'est pas lire de la littérature africaine, comme on va manger chinois en se commandant machinalement son canard laqué parce qu'on l'avait aimé ailleurs. Lire, c'est d'abord aller à la rencontre d'un auteur, d'une personnalité singulière, c'est-à-dire, aller à la découverte d'un bout d'humanité, d'une expression particulière de celle-ci. Mais, comment faire admettre cela aux géomètres de l'esprit ?

Avant la cavalière, d'autres bâtisseurs de cloisons me cernaient déjà de leurs illégitimes attentes, un effet miroir me rendait leurs traits sous les siens. M'insurger contre ses exigences à elle, c'était repousser d'un même mouvement toutes ces barrières qu'on ne cessait d'ériger devant ma plume. Mon attitude, calme ou révoltée, ne disait qu'une seule et même chose : laissez-moi écrire ce que j'ai envie d'écrire, comme j'ai envie de l'écrire, car, même pour vous plaire, je ne peux chanter avec une autre voix que la mienne. Au diable ces fines bouches qui bâillent au port et ne font que commenter la prise d'autrui ! Osez donc les vagues ! Si mes sardines ne vous conviennent pas, allez pêcher vous-même votre espadon ! Et n'oubliez pas d'embrasser les requins de ma part ! Ils ont sauvé tant de pêcheurs des squales terrestres qui sont nettement plus coriaces. J'écris, comme on part en mer, à la recherche de ce qu'aucune pluie ne fait pousser sur terre : paix, sérénité, quiétude, une certaine tranquillité du cœur et de l'esprit, cette chose insaisissable qui vous accroche à la vie et calme cet être intenable, qui court toujours à l'intérieur de nous, tel un chien errant ! Tiens, le voilà qui file, fureter dans la mémoire ; il part encore se casser les dents sur un os, à moins que ce ne soit sur une autoritaire main bâtisseuse de cloisons.

Combien sont-ils, ces éditeurs qui, comme la cavalière, compartimentent le monde tel un potager et rêvent d'auteurs prêts à subir leurs œillères sans regimber ? Tels des éleveurs d'équidés, ils construisent des catégories génériques qui n'ont que des clichés comme spécificités. Qu'ils dégagent avec leur harnais ! Mon Capitaine n'a pas dressé un cheval de course, il a formé une rameuse et, comme lui, je reçois les corsaires à coups de pagaie !

Je me souviens d'un de mes éditeurs étrangers, au demeurant, brillantissime homme de Lettres, un polyglotte s'exprimant dans un français des plus délicats ; et pourtant… Pourtant un jour, alors que nous avions à peine fini de discuter de la belle idée goethienne de *Weltliteratur*, il me sembla, soudain, poussé dans les plus sombres fourrés, j'ignore encore par quel mauvais djinn. Après moult éloges à propos de mon roman *Inassouvies, nos vies*, il ne trouva rien de scandaleux à m'annoncer, sûr de son analyse :

– Mais, quand même, nous n'allons pas le traduire. Il est intéressant, très littéraire même, avec beaucoup de poésie et de philosophie, personnellement, j'ai vraiment pris du plaisir à le lire. Mais ce n'est pas ce que notre public attend de vous. Les lecteurs espèrent quelque chose de plus simple, vous comprenez ? Je veux dire, quelque chose de moins complexe et, surtout, de plus joyeux, enfin, un livre plus africain…

Marmelade ou vaseline ? Il superposait les couches. Il pouvait tartiner à grosses louchées sa logorrhée, il n'en mettrait jamais assez pour me faire avaler ce qu'il venait de glisser dans mes oreilles. Ses mots couraient, s'entrechoquaient dans mon cerveau, puis redescendaient me cogner le cœur. C'était un homme bien élevé, avec les codes feutrés du siècle précédent ; voyant ma réaction, il s'évertuait à y mettre les formes or, peu importent les tournures qu'on lui donne, l'inadmissible reste tel qu'en lui-même pour qui saisit l'essentiel. La quantité de pommade sur une blessure ne fait que mieux la circonscrire. Contorsions ou pas, chacune de ses phrases me laissait un bleu. Cet aîné, auquel je vouais jusqu'alors un grand respect, avait-il donc usurpé mon admiration ? Discernement d'une taupe ! je sais maintenant que le Ciel ne m'a pas pourvue d'une bonne vue. Monsieur, lui, s'était vite rendu compte de ma déception, mon sourire paisible avait viré rictus d'éclair et signalait l'orage imminent. Éditeur, dites-vous ? Non, en réalité, c'était un dresseur de teckels, pour quelques billets dans sa principauté, il voulait votre front à hauteur de gamelle. Alors, moi, qui voudrais être enterrée debout, avec ma rame ? Toujours sûr de son autorité, Monsieur expliquait, souriait de me voir couver le Vésuve. Et, plus il parlait, plus il s'enfonçait, réduisant mon reste d'affection pour lui en miettes. À vouloir me faire manger dans sa main les propos qu'il tenait, combien de phalanges risquait-il ? Il ne traduirait pas *Inassouvies, nos vies*, soit ! sa décision confirmait ce titre, donc rien d'étonnant ; mais, peut-être ne traduirait-il plus jamais un seul de mes livres, pensai-je, car je ne pouvais prendre congé sans lui avoir dit ce que je pensais de sa lamentable vision de la littérature. Comme il se voulait prévenant, il développa encore et encore, puis, ordonna.

– Il faut que vous nous écriviez de petites histoires sympathiques qui donnent envie de voyager en Afrique, ça intéressera plus le public. Et puis, vous avez un vrai talent de conteuse, faites-nous des œuvres typiquement africaines…

– Conteuse ! et pourquoi pas prêtresse vaudoue, pendant qu'on y est ? rétorquai-je, excédée. Je n'ai pas signé de contrat pour écrire des berceuses ou parler uniquement de l'Afrique, ni avec vous ni avec aucun autre éditeur. C'est quoi, c'est comment ce que vous appelez « des œuvres typiquement africaines » ? Donc, d'après vous, dans une œuvre typiquement africaine, pas besoin de poésie ni de philosophie ? La complexité de l'âme humaine et le besoin d'y réfléchir seraient-ils inconnus des Africains ? Je n'ai pas vocation à donner à vos compatriotes le désir de voyager en Afrique, il se peut que l'un ou l'autre de mes livres leur inspire cette envie, mais ce n'est alors que pur hasard, la satisfaction de votre goût de l'exotisme ne peut être la motivation de mon écriture. Et, puisque vous n'avez pas l'air d'être au courant, sachez que mes lecteurs parmi vos compatriotes discutent par e-mail et Skype avec leurs amis africains, ils savent qu'au Sénégal, nous aussi, nous allons voir les lions et les éléphants au zoo et que Kirikou n'est pas plus réel que le Père Noël !

– Ne soyez pas vexée comme ça, voyons. Vous savez, je vous aime bien, mais soyez raisonnable. Réfléchissez tranquillement à ma proposition et revenez me voir.

– Eh bien, nous ne sommes pas près de nous revoir.

– Ah, les femmes, toujours à se laisser emporter par les émotions. Voyons, ne soyez pas bornée, prenez le temps de réfléchir et revenez me voir.

– J'ignorais que l'indignation devant l'injustice est une qualité réservée aux femmes, merci pour nous. J'ai déjà réfléchi et je trouve votre proposition totalement inacceptable, donc, même si j'en venais à manger du foin, je la refuserais encore. Et je vous le dis ouvertement pour me condamner à tenir parole, car je préfère mourir de faim que de honte.

Parfois, la plume a le poids d'un mât. Et qu'elle est lourde à porter, une plume venue d'Afrique ! Elle doit accoucher d'éléphants, de baobabs et de merveilleux couchers de soleil, sur commande ! Excusez-moi, mon Commandant, la mienne est déjà lourde de mon âme exténuée et d'une impuissance qui, j'en suis sûre, aura ma peau. Et combien d'autres comme ce monsieur demandent que nous donnions vie au cirque dans leur tête, quand notre propre navigation nous coûte déjà toutes nos forces ? Certains prennent vraiment les auteurs pour des fontaines publiques, il suffit de tourner la manette dans le bon sens pour remplir sa bassine ! Aucun texte de qualité ne s'obtient sous la pression. Il faut à l'écrivain la même chose qu'au rameur, des vents favorables, du moins, un minimum, praticables. Et, les émotions n'étant pas des voiles que l'on hisse ou rabaisse à sa guise, qui donc peut décréter la météo favorable à la création ? Et, cap nord ou sud, seule la boussole intérieure oriente toute sincère plume. Alors, Monsieur l'éditeur, édictez ; mais, vos désirs de dictateur squattant les Lettres ? Cadets de mes soucis ! Et puis, cet air ravi qu'ont les hippopotames quand ils écrasent les roseaux ! Trop de pouvoir rend idiot, il vous fait croire que tout interlocuteur a besoin de vous pour exister. Puisque vous êtes si puissant, écrivez donc vous-même des livres à votre convenance, sinon, passez commande à votre secrétaire.

Les écrivains africains sont-ils dépourvus de talents poétiques ou épargnés des questionnements philosophiques qui taraudent l'humanité ? J'enfonce peut-être des portes ouvertes, mais un écrivain est libre d'écrire à propos de tout ce qui l'intéresse. L'Afrique est donc parmi les sujets que je peux traiter, mais ce n'est assurément pas le seul et personne ne m'en fera l'obligation. Je ne travaille pas à l'office de tourisme sénégalais, avais-je un jour dit à un journaliste, qui me serinait effrontément ses reproches, à propos de ma supposée acculturation, et ses attentes, quant aux thèmes de mes futurs livres ; mais combien de temps devrai-je encore le répéter ? En cette époque où les vols à bas prix, Internet et Google Earth ont fini de rendre l'exotisme quotidien, donc banal, ai-je vraiment besoin de réduire mes romans en catalogues d'agence de voyage ? L'Afrique mystérieuse de leur enfance, que nous réclament certains, je ne la connais pas et la trouve uniquement dans les livres d'histoire, donc je ne peux en faire des sotties, même pour amuser un public qu'un éditeur suppose encore demandeur d'exotisme, alors que le monde est devenu son village.

Certains africanistes, nostalgiques de l'Afrique de leur jeunesse, sont aussi parmi les plus tenaces bâtisseurs de cloisons. Parés de leur casquette de sachant, ils empêchent l'évolution de la littérature africaine. Ce sont ceux-là, ses prétendus défenseurs, qui lui font parfois le plus grand tort. Je me souviens d'un débat à l'Ensup : un professeur européen francophone, du haut de son maladif complexe de supériorité, jeta ces mots à la face de mon collègue et de moi, invités pour l'occasion :

– Eh bien, chers collègues, contrairement à vous, moi, j'ai vraiment quelques réserves, la littérature africaine actuelle m'exaspère et je voudrais ici expliquer pourquoi. Ces écrivains africains publiés aujourd'hui en Europe me font penser aux cochons élevés en batterie en Belgique et vendus en Italie comme jambon de Parme. Moi, ce que j'attends c'est l'authenticité d'un Africain, qu'on débusque derrière une termitière, dans un village de brousse, tout au bout de sa piste de latérite rouge…

Comme si nous nous souciions de ses attentes en écrivant ! me dis-je. Encore un demi-dieu qui pense faire danser les marionnettes du Seigneur, alors qu'il en est une ! Pendant que ses collègues choqués nous regardaient avec un air de gentlemen humiliés par l'un des leurs et que mon sympathique collègue s'exprimait, modalisait comme un diplomate accrédité au Vatican, je décidai d'aller débusquer le gus derrière sa morgue de fils de colon – ce n'est pas ironique, lui-même s'en était vanté, c'est son authentique pedigree. Sa nounou et ses porteurs africains lui manquaient sûrement, mais, moi, venue de Strasbourg le matin même, je n'étais pas là pour lui apporter des patates douces ni pour le consoler de la perte de son inique et honteuse hégémonie coloniale, qui ne flatte que ceux indignes de Montesquieu.

– Monsieur le professeur, l'interpellai-je, sachez que je ne suis pas venue ici pour me faire insulter.

Contrairement à mon collègue, je ne suis pas allée dans une école chrétienne et, n'ayant pas la sainteté du Christ, quand on me gifle, je ne tends jamais l'autre joue. Excusez-nous, cher monsieur, d'avoir fréquenté les mêmes universités que vous et d'avoir fait bon usage des savoirs qu'on y livre, au point de nous délivrer de votre jauge comme de vos archaïques attentes. J'ai une mauvaise nouvelle pour vous, l'Afrique de vos pères et grands-pères, c'est fini et bien fini ! Plus aucune nounou ne vous y attend avec des patates douces et de la canne à sucre à sucer. Quant aux pistes de latérite rouge, en admettant qu'on y déniche un écrivain derrière une termitière, comme vous dites, il n'a cure de votre avis pour peindre son monde à son goût. D'ailleurs, vous feriez mieux d'oublier vos fantasmes champêtres et de vous accommoder du goudron, c'est là-dessus que circulent les Africains d'aujourd'hui, exactement comme vous, quand ils ne prennent pas l'avion pour atterrir sous votre nez. Écrivez-la, la littérature africaine de vos rêves, si la nôtre ne vous convient pas ! Mais, on le sait bien, les fines bouches qui soupèsent le poisson à quai ne sont pas forcément meilleurs pêcheurs qu'un chat. Quant à votre comparaison animalière, par souci d'exactitude, permettez-moi de soutenir, sans aucune malice, qu'à bien nous regarder, votre ressemblance avec le cochon est plus probante que celle que vous nous supposez avec lui. Alors, c'est sans regrets que je vous laisse partager la mangeoire ! Et, je profite de l'occasion pour remercier vos collègues enseignants qui m'ont appris à voir le monde autrement que vous.

Au retour de la pause-café, le triste sire qui se trompait lourdement de siècle avait disparu des radars, au grand soulagement de ces pauvres collègues qui supportaient, diront-ils, ses interventions outrancières depuis des décennies. J'ignore d'où lui venait sa haine des écrivains, et des écrivains africains en particulier, mais ses certitudes littéraires n'étaient appréciables sur aucune production de sa plume. Donc, quel apport intellectuel à la Culture, avec son insultante glose ? Rien, une immensité du néant, seulement une grande déception pour moi qui admire tant les professeurs. De ce professeur, professant la stagnation, seul le dédain est resté mémorable. Il sera pardonnable, quand il aura intégré de lui-même un musée des horreurs coloniales, au lieu de reprocher aux autres le retard d'adaptation de son esprit naphtaliné. Enfin, ça lui donne sûrement des aigreurs de voir ceux qu'il persiste à imaginer dans la jungle, jouant à cache-cache avec les bonobos, lui parler de Boileau, de Barthes, de Bourdieu, de René Char, de Michel Serres et de tant d'autres plumes géantes. Il faudra pourtant qu'il s'y fasse, sinon, contre ses fièvres de dinosaure traumatisé par la nouvelle génération d'auteurs africains, je peux pousser la compassion jusqu'à lui envoyer le poids de mes livres en dolipranes. Ce colon rapatrié jeune, contre son gré, pense-t-il vraiment que des plumes nées après les indépendances sont d'humeur à l'écouter ruminer sa nostalgie déplacée ? Eh bien, si les virées avec Tintin ne suffisent pas à raviver son bonheur, il peut collecter de vieux timbres de l'Aéropostale qui n'altèrent point l'Afrique de ses culottes courtes, cette Afrique-là que les moins de soixante ans ne peuvent pas connaître !

Il nous parle d'un temps… Notre ex-jeune colon, en ce temps-là, accroché à ses illusions, il crapahutait, de bananeraie en cocoteraie, dans un paradis, pourtant infernal pour ceux qui faisaient les frais de ses joies d'enfance. Son innocence, si tôt corrompue par d'injustes privilèges qui ont glissé en lui ce venin du mépris suintant de sa bouche d'adulte détrôné. Requiem pour sa joie si elle ne reposait que sur une Afrique à l'échine courbée. Vivement que ce monsieur et ses semblables, enlisés mentalement dans les colonies, prennent leur retraite et que leur place soit dignement occupée par des cerveaux neufs et fraternels, en phase avec ce troisième millénaire. Le complexe colonial ne ralentit pas que des revanchards africains, certains Européens, comme cet esprit stagnant, ne s'en remettront malheureusement que sous leur pierre tombale. Je n'ose donc pas leur souhaiter une prompte guérison.

Si certains bâtisseurs de cloisons bataillent pour nous retenir avec eux dans les sombres labyrinthes de l'histoire coloniale, d'autres dressent leurs murs dans la littérature elle-même. Pour la cavalière, par exemple, un genre littéraire vaut la prison d'Alcatraz et, malheureusement, j'allais vite comprendre qu'elle était la meilleure des geôlières. Même mon instit ne donnait pas autant de coups de règle sur les doigts.

– Tu mets trop d'images, morigénait-elle, réduis-les ! Ce n'est pas de la poésie, c'est un roman ! Et les digressions philosophiques, elles rallongent le texte pour rien. Il faut les enlever, sinon les lecteurs vont s'ennuyer.

– Et d'où tiens-tu cette certitude ?

– Enfin, c'est mon boulot !

– Quoi, la divination ?

– Je sais ce que je dis, c'est mon boulot. T'en fais pas, j'ai déjà souligné des passages et je vais t'aider à repérer d'autres endroits qu'il faut couper. Il faut aller droit au but. Les lecteurs veulent seulement que tu leur racontes une histoire. Il faut que tu…

– Je n'ai rien promis à personne, moi. Je ne demande pas d'aide, mais le respect de mon texte. Les passages que tu as soulignés sont importants pour moi, parce que…

– Oui, mais non, trop de pages, il faut couper… Il faut aller droit au but. Il faut que tu…

M'entendait-elle ? Je n'ai même pas la prétention de le croire, ou alors, ce n'était qu'en bruit de fond de sa propre musique. Sans contrepoint, tout dialogue manque de beauté. Alors que, médusée, je restais silencieuse, me disant qu'il était peut-être temps de frapper le djoundjoung de guerre du Saloum, elle commandait, et ne se rendait même pas compte que son soldat avait déserté. Elle parlait de mon texte, mon silence parlait d'elle : ivre de son pouvoir, cette femme peut lancer des ordres dans les catacombes de Paris, avec la certitude de mettre les morts au pas.

Si on la laissait faire, qu'allaient finalement lire les lecteurs ? Après l'équarrissage, ce livre serait-il encore celui que j'avais voulu écrire ? Les sourcils retroussés, elle pointait, édictait, insistait. Mon sentiment face à cette cavalière ? Pas seulement la colère d'être éjectée de ma propre création, malaise et tristesse me pesaient aussi sur l'estomac. C'était comme si elle s'était approprié mes soutiens-gorge pour les rajuster à sa taille. Raca-rac et tout rikiki, son corset m'écrasait les côtes ! Et, le ton ? Avec deux octaves en moins, un vigile renvoie Médor dans son chenil. Aussi cassante que la baronne Von Kankarakas, elle invalidait systématiquement tout avis autre que le sien et s'adressait à vous comme si vous aviez le quotient intellectuel d'une éponge.

À se coltiner une telle éditrice, un auteur ne court-il pas le risque de se retrouver, un jour, à la cour d'assises ? Et dans ce cas, Dame Justice ne serait-elle pas bien inspirée de lui reconnaître la légitime défense ? Car, peut-on se défendre d'un fauve sans virer fauve soi-même ? Cette question, c'est elle qui relativise, tempère, retient l'humain, lui fait endurer l'insupportable, parfois, jusqu'à l'implosion. Combien de fois ai-je vu mes nerfs faire des nœuds marins ?

Elle lançait ses phrases, comme on assène des coups de martinet, et mon cœur faisait des saltos arrière. Seigneur, sors-moi de ce corps, et si vraiment la sérénité de tes créatures t'importe, ne place cette femme que face aux menhirs ! Dire que l'on confond encore « travailler dans l'industrie du livre » avec « aimer la littérature » ! Non, l'un n'induit pas forcément l'autre ; il suffisait d'entendre la cavalière pour s'en convaincre. Que serait-il resté de la chatoyante plume de François-René de Chateaubriand et de la gourmande prose rabelaisienne après le passage d'une telle raboteuse ? Toujours prête à dégainer sa tronçonneuse, donc à trahir la création des auteurs, elle ne mettait pas que mon écriture en péril, c'est ma vie entière qu'elle était en train d'anéantir. L'écriture avait toujours été ma plus stable béquille face à tout précipice, la cavalière en avait fait un autre gouffre sous mes pieds. Ses remarques vexatoires et ces injonctions répétitives m'enfonçaient dans l'abîme du blues, duquel, il devenait de plus en plus difficile de remonter. « Trop d'images ? » Est-ce mon texte qui en comptait trop ou bien son imagination à elle qui était trop famélique et facile à déborder ?

Il nous est donné la vue, pas seulement pour distinguer un loup d'un humain, mais aussi pour nous situer, éviter de marcher sur les autres, et déchiffrer les infinies nuances de l'existence. Les images, c'est une façon de donner des contours à l'imagination, une manière de créer une emprise à notre âme, sans quoi elle flotte d'angoisse entre les galaxies. Conceptualiser, c'est visualiser, donc peindre et dépeindre. Et comme les yeux, les âmes n'ont pas la même acuité visuelle. Pourquoi la cavalière voulait-elle me priver des tableaux qu'un si merveilleux sens projetait sous ma plume ? Il faut avoir l'esprit opaque pour croire qu'il n'y a qu'une seule façon de décrire le coucher du soleil. Si l'imagination neurasthénique de Madame se contente de cette insipide catachrèse, gelée par des siècles de répétition, il n'est tout de même pas interdit d'y percevoir une calebasse déversant une poudre d'or à l'horizon. Tout le monde parle de la pluie, mais ceux qui différencient l'averse d'une bruine le font certainement mieux.

Le vocabulaire qu'utilise chacun reflète le spectre de sa sensibilité et sa vision des choses. « Il faut aller droit au but ! » ordonnait-elle. Et, dans ma tête ainsi secouée, l'œuvre de Balzac fondait d'un tiers. « Aller droit au but ! » Me prenait-elle pour une attaquante d'une équipe de football ou quoi ? Si l'écriture d'un roman ne consistait vraiment qu'à foncer droit au but, moins d'une page suffirait à contenir n'importe quel sujet. En littérature, l'économie lexicale peut signifier une élégante sobriété, certes, mais, la plupart du temps, elle indique une pauvreté de l'expression qui confine à la médiocrité. « Ce n'est pas de la poésie, c'est un roman ! » Selon la cavalière, le langage poétique n'aurait donc sa place que dans un poème !

Habituée à subir la condescendance en Europe, j'aurais pu ignorer cet énième mépris ou me contenter d'attribuer son amertume à ma tasse de café, mais, là, c'était totalement irrespectueux pour mon travail. Et, sur quoi se fondait Madame la directrice de l'esprit des autres pour affirmer, sans ciller, que les lecteurs attendent des textes purgés de métaphores et de réflexions philosophiques ? Jugeait-elle tous les lecteurs à son image ?

À l'évidence, une éternité de conciliabules n'aurait servi à rien. Vouloir changer ma façon d'écrire, c'est changer ma manière de regarder, de sentir le monde, c'est aussi stupide qu'exiger de moi le port de chaussures dont la pointure ne serait pas la mienne. La cavalière voulait mon texte comme ci, le voulait comme ça, et peu lui importait mon tournis. Par mail, par téléphone ou par courrier postal, Madame voulait, encore et encore, des tas de choses, comme un enfant malaxe sa pâte à modeler en rêvant de figurines qu'il est pourtant incapable de réaliser. M'offusquer, rouspéter ne desserrait pas sa poigne, bien au contraire. Elle considérait que son strapontin l'autorisait à mettre la plume d'autrui au service de ses propres lubies.

« Ce n'est pas de la poésie, c'est un roman ! » Et soudain, tout manquait de poésie à mes yeux. Écrire sous son joug, c'était errer, assoiffé, dans un marais salant, en rêvant d'une plaine fleurie. En rendez-vous, épuisée par ses incompréhensibles ordres, je l'écoutais, me disant qu'avec son irrépressible besoin de classification, elle ferait mieux de se lancer dans la taxinomie au lieu de se mêler de littérature. À guerroyer contre la poésie, elle perdait son temps et le mien. Pour elle, la tour Eiffel, ce n'est que la tour Eiffel, un amas de métal ; pour moi, c'est aussi Paris qui pointe un doigt vers le ciel, lui demandant de ne pas s'écrouler. Pourquoi n'aurais-je pas le droit d'écrire cela ? « Envolée lyrique ! » aurait pointé Madame l'éditrice ; et pourquoi pas, si la lyre nous évite momentanément d'entendre le tocsin ? La glaise du quotidien alourdit suffisamment les semelles, on peut comprendre que nous ayons parfois l'envie de battre des ailes ! Nous sommes dépourvus de plumes, aurait rétorqué la jockey, qui voulait sa monture, sabots arrimés au sol. C'est sûr, Icare s'est cassé la figure sur le plancher des vaches, mais cela n'empêchera jamais certains d'entre nous de s'envoler quelques fois avec les pélicans.

Il y a poésie, chaque fois que l'esprit se défait des œillères du réel et s'éloigne de la vase. Il y a poésie, chaque fois qu'il jaillit de l'âme assez de lumière pour éclairer au-delà des sombres haies que la réalité dresse devant nous. Il y a poésie, chaque fois que l'imagination dépasse les misérables contingences humaines. De la poésie, on en manque souvent, mais il n'y en a jamais de trop. Et puis, qui est excédé par la décoration de la chapelle Sixtine peut toujours aller chercher de la sobriété au Père-Lachaise. Et même là-bas, les tombes ne manquent pas de poésie. Consciente de sa laideur, la mort sculpte le marbre et fleurit ses vases. Les bons auteurs ne font pas autre chose : la langue est le marbre qu'ils taillent et cisèlent inlassablement, les livres sont les vases dans lesquels ils font tenir des bouquets d'humanité pour embellir le monde. Alors, trop de poésie ? Cette énormité résonne dans une maison d'édition comme un blasphème dans une cathédrale ! Que resterait-il de *Cent ans de solitude*, sans l'élégante poésie de Gabriel García Márquez ? *Des souris et des hommes* n'auraient rien eu à faire ensemble sans l'âme aérienne de John Steinbeck, qui narrait l'âpre condition humaine en lui gardant toujours cette part poétique qui nous la rend supportable. *Des fleurs pour Algernon* et la fiction devient une science grâce à laquelle Daniel Keyes ajoute une pincée de sensibilité au genre humain. Pour toucher à ce point le cœur du lecteur, avec l'histoire d'un idiot et d'une souris de laboratoire, il fallait plus que des mots, une teneur poétique outrepassant la simple question de la métrique et du genre littéraire. La poésie n'est pas une tare dans un roman, bien au contraire, c'est son manque qui est souvent regrettable.

Puisque la cavalière m'avait, disait-elle, « choisie » – elle qui réprouvait si vertement tout ce qui caractérise mon écriture –, comment et sur quel critère avait-elle jeté son dévolu sur moi ?

– Toutes ces modifications que je te demande, c'est pour m'assurer que ce livre se vende bien, arguait-elle.

« Assurer » ! Et vlan, un bon coup d'éperon au flanc de la stupide mule, qui s'aventure hors de la piste balisée ! Par ici, sale bête, par là ! Allez, au trot ! La première fois, la retenue décréta une surdité volontaire, plus reposante qu'une cabriole. Je savais pourtant qu'une claque non rendue en appelle d'autres. La deuxième fois, lèvres pincées, je me contentai d'un regard qui renverrait un astre dans son orbite. Silence ! Les mots qui cognent coûtent d'abord à leur auteur. Et même plus légers, les mots qui piquent laissent des plaies dans la bouche qui les profère, je préfère n'en user qu'en dernier recours. Mais, au troisième coup d'éperon, je prouvai à la cavalière que sa mule avait un dos à porter de nombreux fardeaux, mais sûrement pas celui de la lâcheté.

– Tu dois modifier ceci, modifier cela, il faut aussi

réduire de vingt pages, je veux m'assurer que ce livre se vende…

– J'en ai déjà vendu bien d'autres, pourtant aucun éditeur n'avait eu besoin de me traumatiser de la sorte.

Comme elle s'accrochait mieux qu'une écharde, elle m'asséna, entre deux rictus, ce qu'elle croyait la pire gifle de ma vie.

– Eh bien, s'il ne se vend pas… Tu n'auras qu'à te trouver un boulot.

– Ah, parce que essorer ma cervelle, m'abîmer le fessier et les yeux à remplir des centaines de pages, ce n'est pas du travail ?

– Oui, mais bon, tu vois ce que je veux dire, tous les auteurs vivent d'un deuxième boulot. Alors, un conseil, trouve-t'en un.

– Ne t'inquiète pas pour moi. Et toi, as-tu un deuxième boulot ?

– Mais non, je suis éditrice à plein temps, moi. Alors, quand je te dis ça, je veux seulement t'aider…

– Et toi, qui es payée grâce à mes collègues et à moi, tu trouves normal de vivre d'un seul emploi et que ceux qui produisent ton salaire, eux, aillent s'éreinter avec un deuxième boulot ? Fantastique, le Capitalisme ! Le rutabaga pour les créateurs, le caviar pour ceux qui ne font que vendre les œuvres !

Là n'était même pas un sujet dont je voulais débattre avec la cavalière mais, avec elle, chaque discussion produisait son effet domino. Ce n'était pas avec elle que j'avais signé mon contrat. Cet échange était emblématique de ses intrusions. Depuis son bureau, elle espérait une vue plongeante dans ma vie, peu lui importait la bâche de pudeur que je m'évertuais à maintenir entre nous, entre mon activité professionnelle et le reste. Rien n'est plus désobligeant que le conseil de quelqu'un à qui vous ne demandez strictement rien. Ignorant tout de ma situation personnelle, elle subodorait l'état de mes finances et se fendait de cet avis déplacé. Toujours cette prétentieuse phrase, « Je veux seulement t'aider », qui consiste à s'attribuer la toute-puissance divine. C'est bien connu, les Noirs sont fauchés et vivent tous en HLM !

Les préjugés sont aussi des cloisons, mais inversées, celles-là ; pour séparer les humains, elles ne s'élèvent pas, mais s'enfoncent dans l'abîme de l'ignorance, ce sont des brèches ouvertes dans la bienséance. Et, bien sûr, les lourdauds s'y engouffrent avec une délicatesse de rhinocéros. Cette attitude de la cavalière ne m'était pas inconnue. Durant la promotion de mon premier roman, un animateur télé – que je ne nommerai pas par charité laïque –, qui se voulait sympathique, adopta un ton des plus paternalistes pour m'interroger, tel Jacques Martin penché sur un bout de chou. Il aurait pu m'appeler Mademoiselle Banania, l'effet aurait été le même, sur son plateau.

– Ben alors, Fatou Diomé, vous êtes l'une des révélations de cette rentrée ! Eh ben, bravo ! Avec un tel succès, que vous dit-on, là-bas, dans la cité ?

– Quelle cité ? lui demandai-je, dans un sourire pare-balles.

– Mais, chez vous, en banlieue, s'enfonça-il, tel un godillot dans la vase. J'imagine que vous êtes devenue une vraie héroïne pour les jeunes de votre cité ! Que vous disent-ils ?

Diomé ? Mé, mé-é-é ! Ivre du son de son micro, la vedette cathodique ne remarqua point le malaise qui avait gagné le public et les techniciens de plateau. Fatiguée par la trop fréquente répétition de la bêtise humaine, j'inspirai profondément, avant de tenter une réponse. Même contenue par la politesse, je me devais d'élargir le carcan dans lequel il m'enfermait. Je n'ai absolument rien contre les cités, seulement, vérité oblige, je lui dis que je n'avais jamais vécu en cité, ni en France ni au Sénégal, et que mon livre ne s'adressait pas à une communauté prédéterminée, mais à tous ceux qui veulent bien se donner la peine de le lire. Il opina du chef et jeta un œil agacé à ses fiches. Eh oui, c'est toujours embêtant quand l'invitée ne se contente pas de valider les suppositions du maître de cérémonie ! Le respect des invités requiert un minimum de préparation qui évite de se retrouver dans la panade, mais certains s'en passent. Pendant que le monsieur meublait, fouillant dans ses fiches, je priais afin qu'il y trouvât autre chose que de sempiternels clichés, cela aurait été une divine clémence pour les téléspectateurs, mais aussi pour moi. Hélas, on n'apprend pas à nager le jour du naufrage.

Il faut dire qu'il n'était pas seul à boire la tasse. Lors d'une rencontre dans un festival, l'un de ses collègues m'avait demandé le plus naturellement du monde si mon livre serait traduit en « sénégalais ». Est-ce une langue qu'il venait d'inventer ? Encore un qui n'avait pas jugé utile de préparer sa rencontre. Écrivain, africain, francophone, donc considéré comme auteur périphérique, certains vous reçoivent en toute désinvolture. Mais, là, franchement, être français, passer toute sa vie en France, baigner dans son histoire et oser cette question ! Y a-t-il pire irrévérence pour le père sénégalais de la francophonie et les pionniers de l'université Cheikh Anta Diop de Dakar ? *Lux mea lex* ! Aux auteurs de telles bévues, éclairez-vous, par respect pour Montesquieu, le professeur Théodore Monod, le recteur Lucien Paye, votre académicien Senghor, pour nous, vos compatriotes adoptés, qui faisons tant d'efforts pour vous comprendre, et pour l'honneur de Marianne. À l'évidence, nos livres sont souvent plus généreux et plus rassembleurs que ceux qui les présentent. Alors, merci aux consciencieux/cieuses parmi les journalistes qui donnent voie et voix à nos modestes écrits.

Dans la littérature où, désireux seulement de vendre du livre, les jockeys de l'édition entendent baliser une piste menant à leurs objectifs, je vois un immense Océan, où chacun peut lancer sa barque et ramer au rythme de son souffle. Certes, les rameurs ne savent jamais quelle foule les attend au port, mais, auteurs comme lecteurs, la sensibilité reste un radar qui permet à chacun de trouver les siens. Marin, à la puissance de ton souffle, rame de bon cœur ! Après le choix du cap, seule la pagaie trace un véritable itinéraire. Oh, hisse !

À ton cœur, marin ! Matelot un jour, marin pour toujours, car c'est dans le cœur que l'Océan continue son roulis ; et, les jambes se souviennent que vaciller n'est pas forcément tomber. Peu importent les bourrasques et virages inattendus, c'est de l'horizon que vient la corde qui hale la volonté, garde le rameur en route. Alors, quand la cavalière encerclait sa propre destination sur une carte et cochait une date sur son agenda, je me souciais uniquement de ma rame.

D'après le climat de notre pseudo-collaboration, nous n'avions pas besoin d'un automne entier à compter les feuilles mortes, qu'elle trouvait à mon livre, pour comprendre que notre relation allait à son hiver et ne connaîtrait aucune fleur de printemps. Indépendamment de toute considération relative à nos compétences respectives, nos goûts, nos idées, nos sensibilités s'excluaient, c'est tout. Nous mettre d'accord sur la description d'un simple verre d'eau prenait plus de temps que forer un puits au Sahel à main nue. Malgré cette évidence qui aurait découragé un fakir, la cavalière gardait la détermination d'un général japonais. Elle se targuait d'être assez persévérante pour toujours obtenir ce qu'elle voulait ; moi, j'étais au bout de mon endurance et ne voyais qu'acharnement de sa part. Chacune de ses interventions concernant mon livre me gâchait plusieurs nuits d'écriture. Et, pour la première fois de ma vie, j'ai pensé arrêter d'écrire, du moins pour publier.

L'écriture ? Maintenant que j'y trouve l'exact contraire de ce que j'y cherchais, à quoi bon continuer ? me demandais-je, nuit et jour.

Écrire, c'est oser son propre regard sur le monde, quitte à se brûler les rétines. Tous les bébés crient à la naissance, mais chacun module ses notes avec sa propre voix ; il en va de même pour l'écriture : cri existentiel consigné par la plume, une création littéraire, lorsqu'elle est honnêtement menée, porte la signature de l'âme qui l'a conçue. On n'écrit pas que pour gagner son pain, femme de ménage, je n'étais pas affamée et tant d'autres activités remplissent la gamelle et mettent à l'abri du froid. Non, on n'écrit pas que pour vendre. On écrit d'abord et avant tout pour trouver une harmonie à son chaos intérieur et toute intrusion dans cette quête intime n'apporte que dissonance, un surplus de mal-être et de souffrance. On écrit pour apprendre à vivre, pas pour faire semblant de vivre. On écrit pour assumer pleinement son existence, c'est-à-dire, s'affirmer humain parmi les humains. Et, parce que l'on ne peut se dire humain sans défendre la dignité qui va avec, on écrit toujours pour s'affranchir de quelqu'un ou de quelque chose.

Ce combat-là devient contre-productif lorsque l'édition, in fine, vous soumet à l'arbitraire d'autrui. Ce texte est la preuve de ce cercle vicieux : l'écriture, voie de libération étant devenue le lieu même de la contrainte et la raison d'une autre lutte. Alors quelle issue restait-il ? Quel cap revendiquer, quand un(e) éditeur/éditrice s'accroche à votre plume et s'acharne à faire de vous un ballon dirigeable ? Autant que mes paroles, mes écrits sont intrinsèquement liés à mon souffle et m'engagent moralement ; donc si l'on m'enlève tout contrôle dessus, quelle emprise me reste-t-il sur ma vie ? Vous laisseriez-vous pousser dans le ravin sans résister ? N'ayant pas les os élastiques, je m'agrippe à ma plume, et la défendrai vaille que vaille, car elle a toujours été ma plus stable rambarde face à tout précipice. Face à toute personne, toute puissance assez inique pour tenter d'entraver la danse de ma plume, je râle, mais me sens libre, au fond de moi. Oui, parfaitement libre, car il me reste un ultime recours : garder mes mots pour moi, soustraire aux yeux de tout rapace les écrits qui m'attirent sa malfaisante attention. Contrairement aux mots, le silence ne se commercialise pas ; et, je ne connais rien de plus inviolable. C'est même la rondache derrière laquelle Stig Dagerman resta invincible, lorsque d'autres se sont crus maîtres de sa création littéraire. Le silence, n'est-ce pas l'ultime rempart des faibles face au rouleau compresseur des puissants ? Alors, durant les longs mois passés sous les fourches caudines de la cavalière, mon blues ne murmurait qu'un seul et même mantra : le verbe libre ou le silence ! C'était, bien sûr, une prière, mais, aussi, la lettre de démission que j'adressais au Seigneur, au cas où Il serait resté sourd à mon humble requête. Sans liberté, que vaut la création ? Pas même le poids d'une plume sur une balance ! Alors, me concernant, ce sera le verbe libre ou le silence.

VI.

La dégradation du statut d'écrivain

Engagement ou embrigadement ? Job reconnaîtra les siens à leur plume humaniste

Alors, qu'est-ce qu'écrire ? Et, qu'est-ce que la littérature ? À ces questions, toujours des gourous pérorent, l'œil sibyllin. Se moquant du doute socratique, ils assènent des déclarations-massues aux enfants d'Ève, quand ils ne les entraînent pas dans des débats obscurs à vous faire préférer les galeries d'une mine de charbon aux rayons d'une bibliothèque. Sanctifiés de leur vivant et bénéficiant d'une audience dont ne jouissent que les despotes, ces Narcisses des Lettres mesurent leur prépotence à la catalepsie qu'ils suscitent dans l'auditoire. Causant d'un sujet si passionnant, ils réussissent à exaspérer même les rats de bibliothèque, alors que partager leur trésor immatériel, en expliquant simplement comment la lumière irradiant des livres leur a éclairé le pas aurait suffi à les rendre aussi captivants qu'inspirants.

À défaut de circonscrire l'Atlantique qu'est la littérature – une gageure même pour un pélican –, chaque bête à plume ne peut-elle se contenter de dire ce qu'écrire signifie pour elle ? Un tisserin du Saloum m'a dit ceci :

Écrire, c'est envisager le voyage de sa vie et déployer ses ailes, sans s'inquiéter de son envergure au regard de l'immensité du monde ; chacun parcourt la distance qui lui sied. Écrire, c'est un oxymore, c'est avoir le courage de ses peurs, tisser un abri pour son âme tout en se dévoilant à ses frères. Écrire, c'est puiser de la force dans ses fêlures et, l'art pour seule armure, chasser la Rôdeuse des ombres à coups de plume, assumer sa condition humaine comme on assume sa gueule face au monde. Écrire, c'est cultiver l'amour, avoir la bêtise, la haine et la laideur pour ennemies jurées. Combattant ce funeste trio, on affronte la nuit, ose le grand jour, toujours en quête de beauté. En somme, écrire, c'est se brûler les rétines à scruter le soleil comme la lune, non par dédain du plancher des vaches, mais par soif de lumière. Soif d'eau ou d'amour, trouve-t-on une source ou des bras ouverts, dans l'obscurité ? C'est donc, d'abord et avant tout, leur soif de lumière que les hommes se doivent de satisfaire. Raison pour laquelle, en cette veillée terrestre, chaque poète ajoute sa brassée de brindilles au feu de bois. Écrire, c'est tisonner ce collectif feu, vivre avec l'ardent désir d'ensoleiller toute nuit.

À part les taupes et ceux qui affectionnent les caves même en temps de paix, qui donc aspire à l'obscurité ? Alors, parce qu'elle éclaire les âmes autant qu'elle les nourrit, la littérature jouera mieux son rôle en restant un banquet ouvert à tous. Elle ne doit surtout pas devenir un inaccessible dîner mondain, aux invités triés sur le volet, encore moins un bal masqué, où les habitués se reconnaissent à leur parfum. Accès au savoir pour tous !

rêvons-nous, avec l'Unesco. Hélas, par trop d'hermétisme, certains rhéteurs intimident les humbles et les éloignent des lieux dédiés à la Culture. Débats, conférences et tables rondes ; à qui, à quoi sont-ils utiles, si les orateurs ne s'adressent qu'à ceux qui sont à leur hauteur ? Les linguistes en conviendront, le métalangage est le dialecte d'une secte ! Appliqué à la Culture, il s'offre en spectacle plus qu'il n'offre le savoir en partage. Ceux qui en abusent pour faire docte clôturent ainsi leur îlot de connaissance et sapent le but même du langage. Au-delà de l'expression, toute langue vise l'intelligibilité, sans laquelle point de dialogue possible, encore moins un partage de connaissances.

Étudiante, il m'est parfois arrivé de me demander, au sortir d'une conférence : pourquoi certains mentons rayent-ils à ce point le plafond, dès qu'il s'agit de littérature ? Guettent-ils Molière, Voltaire et leur aréopage entre les astres ? Plume en main, n'est-on pas censé s'intéresser aux terrestres bipèdes, au moins autant qu'aux étoiles ? Une question posée, la donne me semble très simple : quand on sait, on répond clairement ; quand on ne sait pas, on l'avoue modestement, en se promettant intérieurement d'étudier ce savoir supplémentaire. Nul n'a le cerveau assez grand pour contenir tout le savoir ; alors, faut-il avoir honte de n'être qu'un pauvre humain. Altitude ? Depuis l'estrade, combien de littérateurs patentés s'avèrent mauvais pédagogues ? Est-ce de l'incompétence perversement rendue mystérieuse ou la mauvaise volonté des ventres pleins ? Sinon, jaloux de leur trésor, brouillent-ils expressément les pistes aux néophytes pour rester exceptionnels en leur fief ?

Le savoir, c'est un diamant trop beau pour rester au fond d'une poche ! me disais-je ; où que les hermétiques jonglent avec leurs formules magiques, les curieux qui auront deviné tout un soleil derrière leur silhouette iront quand même dévorer la mondiale bibliothèque dans leur dos. Oups, bonjour, Érasme de Rotterdam ! C'est quoi ce clin d'œil ? Tu veux une danse ? Valse ou tango, en piste ! Pour toi, une Linguère ose le leumbeul, car, nulle pénombre en ta République ! Djoundjoungs, pour Érasme, tonnerre de djoundjoungs !

Est-ce perfidie que de dire que certains membres de la bourgeoisie intello-culturelle méprisent le peuple autant que les princes d'antan, voire pire ? Ils se prévalant de surcroît d'une onction intellectuelle que ces derniers n'avaient pas besoin de revendiquer pour s'attirer des courtisans. Louis XIV, nos Lumières aveuglent votre soleil ! Quoi, vous êtes vexé ? Allez donc vous trouver une autre favorite ; aux princes, Marianne a préféré les philosophes et sa fille sérère tient de sa mère !

Littéraire ou autre, l'hermétisme est un égoïsme ! Imaginez, à Niodior, si mon instituteur avait gardé son savoir pour lui, mon grain de sel n'aurait épicé aucune de vos soirées de lecture. Alors, si ce texte vous plaît, félicitez-le, et, s'il vous déplaît, ne le reprochez qu'à son élève, partie pêcher jusqu'au Rhin.

Concernant la littérature, ses ambassadeurs volontairement exilés sur l'Olympe ne sont pas seuls à lui porter préjudice. Elle souffre aussi de ses trop bons commerçants, ces nez creux, dont l'urgence à s'adapter au marché brise toujours quelques ailes au passage. Tenant fermement leur chéquier, ils détiennent le pouvoir de vie comme de mort sur toute carrière littéraire. En leur domaine, seule la course du soleil échappe à leur volonté. Et encore ! Ils trouvent le moyen de bronzer même en hiver. Dire que tant d'auteurs sont sur le point de demander une soupe à Coluche ! En parlent-ils à leur éditeur ? Ma langue au chat ! Une vipère me souffle que le mot fétiche des éditeurs, ce n'est pas « précarité », mais « projet ». « Alors, Machin, où en es-tu de ton projet ? T'as bientôt fini ? » Cette question vous interdit de raconter l'enterrement de votre grand-mère, la poussée des dents du petit comme vos histoires de salades aux lentilles dès le 15 du mois. Votre réponse couvre la première partie du rendez-vous, la seconde, elle, s'évapore entre les consignes et l'aurevoir. C'est que leur agenda écraserait un éléphant ; alors, un auteur ? « Allez, Bidule, à bientôt ! » À bientôt ? Si telle est votre prière, dites amen et plantez des patates.

Plus soucieux de leur crémerie que de la crémière, ils exigent des auteurs un fromage au goût du jour. Jouant sur la durée d'affinage pour multiplier leurs gains, ils réduisent périodiquement le moule. Un moule déjà ric-rac et de plus en plus rikiki ! Intenable, ce siècle diététique ; tout ce qui est roboratif s'attire immédiatement la raboteuse de la censure. Même une plume se voit astreinte au régime ! Nul doute que le généreux Rabelais se serait vu obligé d'affamer Gargantua. Éditeur ou diététicien, n'ôtez rien à mon thiéboudiène ! Complète Téranga, il régale l'Unesco, invite le monde à table, nous charpente des champions d'Afrique de football, mangez-en ! Le voici, avec soul et beugueuthie, saf sap, savoureux ! C'est lui qui nous garde le sourire à toute épreuve, et Bakata-bakata ! mangez-en, vous danserez Bakata-bakata !

Choucroute, royale ou aux trois poissons ? Couscous, cassoulet ou blanquette de veau ? Pot-au-feu, côte de bœuf et autres clafoutis littéraires… Je vous parle d'un menu à un milliard qui préserve l'esprit de toute famine ; hélas, la génération Z risque de ne le découvrir que dans les anciennes bibliothèques. Rendez-nous donc le corset ! Il nous détournera des tartes aux pommes, des glaces et même des sorbets, si l'indiscipline venait encore à nous mettre l'eau à la bouche. Confondant le gourmet avec le glouton, on condamne l'appétit jusque dans les Lettres. Que font les censeurs dans la cuisine du premier ? S'adonnant à l'épicurisme, il vise l'ataraxie sans causer de tort à personne ; quant au second, même ignorant la tempérance, malmène-t-il un autre foie que le sien ? Censeurs, sortez de la cuisine des artistes !

De toute façon, bientôt les écrivains n'auront plus de quoi se nourrir pour continuer d'écrire. Aucune époque n'a tant fait de la présence des écrivains l'exhausteur de goût de ses programmes événementiels, pourtant, beaucoup d'organisateurs rechignent à rémunérer leurs services. Même des professeurs, malgré leur fierté de nous avoir formés, nous imposent souvent le chantage affectif pour nous mettre au pain sec, alors qu'ils ne renoncent jamais à leur salaire. Notre gratitude à leur égard reste intacte. Nous savons que l'Éducation nationale ne fait pas des millionnaires comme la Silicon Valley ; mais, tout de même ! Faire des économies de budget, au point d'aller contre le principe d'égalité des droits qu'elle enseigne ; est-ce défendable au cours d'instruction civique ? Ayant déblayé ma voie grâce aux lumières des professeurs, je ne doute pas que même leurs plus jeunes élèves connaissent déjà le mot par lequel ils peuvent remplacer « écrivain », lorsque, hors du cadre du bénévolat, celui-ci travaille sans salaire. Serfs et STO ! Naïve, j'étais persuadée qu'il s'agissait de verrues des siècles d'avant la Déclaration universelle des droits de l'homme ; hélas, récidive ! L'horloge sociale ne tourne-t-elle pas à l'envers ? Oups, excusez-moi, une minute ; quelqu'un frappe-t-il à ma porte ? À pareille heure de la nuit ? À qui donc ai-je l'honneur ?

Vérification faite, le bruit venait plutôt de la bibliothèque, cet indiscipliné de Karl Marx y donnait de violents coups de pied. Du même caractère rebelle, mon instituteur nous parlait déjà de lui. Je le croyais parmi les Veilleurs depuis des lustres, en vérité, il drague encore, l'horloge tourne vraiment à l'envers. Je l'ai bien regardé, Marx, il n'a pas pris une ride ! Et savez-vous ce qu'il m'a dit ? D'abord, il a voulu tout m'expliquer de son livre, *Travail salarié et capital*. Je suis désolée, monsieur, lui ai-je dit, je n'ai pas le temps ; vous vous croyez peut-être chez Jean-Luc Mélenchon ou bien à la CGT (Confédération générale du travail) ? Il n'en est rien, je ne suis qu'une petite ouvrière du livre et, si je veux parfaire mon bronzage au Sénégal cet été, je dois me dépêcher de terminer celui-ci.

Alors que je causais à ma plume, le croyant parti, il est revenu sur son pas. Je me demandais encore ce qu'il avait à s'incruster dans ma veillée, quand il m'a lancé ceci : « Écrivain, cuisinier ou plâtrier, râler seul ne suffit pas… » Ma parole, il me fait du gringue ou quoi ? pensai-je ; et, que voulait-il que je fasse, envoyer les éditeurs en stage en Corée du Nord ou m'en aller dans un ashram en Inde ? Comme s'il avait entendu mon silence, il ajouta : « Face aux éditeurs ou à tout autre exploiteur, c'est à vos collègues et à vous de conquérir l'amélioration de votre condition : "L'émancipation des travailleurs doit être l'œuvre des travailleurs !" martela-t-il, combien de temps faut-il le répéter ? Embarqués dans la même galère, ramez tous dans le même sens. Écrivains de tous les pays, unissez-vous ! » L'écoutant discourir si passionnément, je me disais que les vieux ne radotent pas, ils gardent pied dans la modernité, juchés sur leurs souvenirs, comme les jeunes guettent l'avenir, juchés sur leurs rêves. Quand je me suis retournée, il s'était déjà volatilisé, me laissant avec ma perplexité.

Avais-je halluciné ? À veiller avec les chouettes, on fait d'improbables rencontres. Mais, hallucination ou rêve éveillé, il est quand même indémodable, ce papy Marx ! Cependant, ne surestime-t-il pas la raison dans l'arène de la réalité ? L'arbitre n'est-il pas définitivement du côté des patrons ? Contre le sort des prolétaires, combien ont pris leur plume pour une baguette magique, avant d'admettre humblement leur méprise ? Une plume, ça pèse parfois une tonne sur les épaules et, surtout, elle a beau multiplier les formules, elle change rarement la bure en soie.

Papy Marx rêve de libérer les travailleurs, c'est très louable ! Mais, à son âge, croire encore que tous les oiseaux refusent pareillement la cage et rêvent de voler à la même altitude ? Eh bien, non ; au risque de passer pour rabat-joie, disons-le, il ne suffit pas d'être sous le joug du même oppresseur pour partager le même sort ou nourrir la même révolte. Alors, agir solidaire ? Dans la même maison close, les pensionnaires ne sont pas toujours logées à la même enseigne, pareil pour les écrivains ; et, en littérature comme au théâtre, les mieux installés se soucient rarement de l'inconfort des autres. Alors, merci Marx pour le conseil, mais, tant qu'à veiller, profitez-en plutôt pour porter ce message à votre inspirateur Hegel : dites-lui qu'aucun empereur n'est plus assis sur un cheval d'où il domine le monde[1], mais, le Capitalisme triomphant, l'humanité sent d'autres sabots sur son dos. Et, vous vous étonnez qu'un petit matelot s'arcboute nuitamment sur sa rame ? Laissez-moi donc écrire mon manifeste à moi ! À défaut de réussir à ordonner le chaos sur la terre ferme, la navigation littéraire mène au

1. Hegel à Friedrich P.I. Niethammer, 13 octobre 1806 (veille de la bataille d'Iéna), in *Correspondance (1785-1812)*, Gallimard, « Tel », 1990.

large et permet au moins de ne pas manquer d'oxygène et de vivre de sa propre pêche. Enfin, c'est ainsi que je me l'imaginais, novice. Mais où est le poisson ?

L'expérience ne fragilise pas que les dents, elle s'attaque aussi aux rêves. Que demandez-vous à Allah, à Bouddha, à Jésus et à son Père, en souhaitant la longévité ? Un séjour sur Mars ? Une paisible retraite après une vie de peine ? Alléluia ! Quoi qu'il en soit, je vous la souhaite, la longévité ! Canne, dentier et pacemaker gâchent moins le sommeil que la fatigue du vivre. Cette fatigue-là, elle vous colle un regard de centenaire avant votre demi-siècle. Lutter fait partie de la vie, d'accord ! mais quand la vie n'est que lutte, qui donc souhaite voir tel martyre se prolonger ? Mes frères et sœurs, gavons-nous de thiéboudiène, de chocolat chaud, de tartes aux pommes avec de grosses boules de glace vanille ; et, honni soit qui mal y pense ! Qui vous reproche un bourrelet me trouvera sur sa route, rame dégainée, car, avant de médire de votre ligne, il n'avait qu'à vous rassasier d'autres bonheurs. Amour, Paix, Douceur, Tranquillité, Bonheur ! En attendant ces gourmandises abstraites, par quel masochisme devrions-nous pousser l'ascétisme jusqu'à nous priver des délices tangibles ? À table ! Oups, pardon ! La table reste encore vide, pour tant de nos frères et sœurs. Obèse, notre Siècle-Hamburger a tellement faim. Comprenez-vous quelque chose à cette phrase-là ? Moi, non. Si vous la comprenez, envoyez-moi votre explication avec du chocolat, il me rendra mon latin, mon sérère et mon sourire-ainsi-soit-il. Et, ainsi en est-il : l'édition a vraiment des accointances avec le proxénétisme, c'est nous qui tapinons, et ce sont les autres qui encaissent ! Alors, une heure ou deux avec un écrivain ? Peanuts ! Dans un cinq-étoiles en Suisse, une paire de bas s'en sort moins froissée.

Comme si ce n'était pas déjà assez triste que les éditeurs payent les écrivains au lance-pierres, Internet vient nous spolier ! Avec le piratage des livres, des amoraux de tous les pays, unis par le même esprit de charognard, se repaissent de notre labeur, tout en nous vidant les poches. Mais peut-on les blâmer sans chapitrer les éditeurs qui leur rendent la tâche facile ? Mettre nos livres en version numérique, sans les sécuriser convenablement, c'est les mettre gracieusement à la disposition de la planète entière ; et les auteurs y perdent plus que les éditeurs. Ces derniers comptant sur leurs pléthoriques fonds d'édition et la masse de leurs nouvelles publications, alors que l'écrivain, lui, table sur sa seule et unique plume.

Culture gratuite ! prônent des hypocrites. Aussi nuls en économie qu'en éthique, ils se gargarisent de cette rengaine, au mépris du droit d'auteur. Occupés à pirater livres et musiques sur le Net, ils manquent sûrement de temps pour consulter une robe noire, qu'ils jettent donc un coup d'œil au site du ministère de la Culture : « Le principe de la protection du droit d'auteur est posé par l'article L. 111, alinéa 1 du Code de la propriété intellectuelle (CPI) qui dispose que "l'auteur d'une œuvre de l'esprit jouit sur cette œuvre, du seul fait de sa création, d'un droit de propriété incorporelle exclusif et opposable à tous. Ce droit comporte des attributs d'ordre intellectuel et moral ainsi que des attributs d'ordre patrimonial". » Ce droit étant internationalement reconnu et consultable sur Internet, les voleurs et receleurs numériques de tous les pays n'ont pas l'excuse de l'ignorance quand, indignes lecteurs, ils virent ignobles cambrioleurs de nos œuvres. Sœur, je les répudie deux fois, non trois, car je leur laisse malgré tout une petite chance de se racheter.

S'ils se moquent à ce point de la masse de salariés vivant de l'industrie culturelle, celle du livre en particulier, savent-ils au moins qu'à l'ère du Capitalisme, tout ce qui ne se paie pas ou plus, se voit très vite déprécié ? En matière de Culture, le consommateur n'achète que ce qu'il mérite ! Vos lectures disent qui vous êtes, ce n'est donc pas un hasard si les amis partagent souvent les mêmes goûts de lecture ; raison pour laquelle la médiocrité est contagieuse, et plus vite que l'excellence, qui, elle, demande plus d'effort au cerveau. Oui, le consommateur n'achète et ne lit que ce qu'il mérite ! Alors, affamez les écrivains, et, bientôt, les libraires vous vendront de plus en plus d'infâmes soupes, car, pressés d'accéder à l'aumône de l'éditeur, ceux qui n'ont pas de bas de laine n'auront d'autre choix que de bâcler leurs textes. La pauvreté n'est pas seule à priver de gastronomie, nul ne sert la truffe aux pingres ! Et imaginez seulement ; quelle mentalité faut-il pour payer le papier toilette et non les livres ?

Djembé, guitare, piano ! Tama, tambour, tabala ! Flûte, violon, violoncelle… les musiciens reçoivent-ils leurs instruments de la hotte du Père Noël ? Peut-être quand, jeunes, ils affinent leurs gammes, mais, devenus professionnels, ils les payent rubis sur l'ongle. Leur musique gratuite, leurs familles doivent-elles s'en remettre à la cueillette de l'australopithèque pour leur pitance et chiner de quoi se couvrir les os dans vos déchetteries ? Apôtres de la Culture gratuite, dites-nous donc : Balzac écrivait-il assis sur le trottoir, l'estomac vide ? Et ces factures qui tourmentent la majorité des humains, ignorent-elles l'adresse des artistes ? Écrivant de nuit, est-ce que je paie l'électricité avec le sourire ? Dois-je compter sur la turbine sous le crâne de ces beaux parleurs pour me chauffer l'hiver ? Non, trop risqué ! Vu le peu de luminosité de leurs idées, leur proximité doit certainement rendre les températures négatives.

Aux avocats du diable, arguant la pauvreté pour nous dépouiller de nos droits d'auteur, sachez que la pauvreté n'ôte à personne sa dignité humaine, elle n'excuse donc pas le vol. Tout ce qui est compréhensible n'est pas forcément admissible ! Même les SDF ne sortent pas d'une boulangerie sans avoir payé leur baguette, sinon, la police leur colle des bracelets et la prison leur donne l'asile. Quelle est la baguette d'un écrivain, si ce n'est ses maigres droits annuels ? Alors mes frères, lecteur ou vampire, un humain transgressant les droits de son prochain ne mérite nul respect, ne se respectant pas déjà lui-même, il exempte tout autre de cet égard envers lui. Gnangnan, les livres sont chers ! déplorent-ils, et gnagnagni gnagnagna… jusqu'à vous filer la migraine.

Et même si c'est très vrai, vous attablez-vous dans un restaurant, étoilé ou non, en tenant ce genre de propos ?

Évidemment que non ! Salade niçoise, canard laqué ou la cuisse farcie de votre belle-mère, vous bravez le sourire-pourboire du serveur, puis, osez vos couverts, en comptant sur la loyauté de votre portefeuille. « Ma sœur, le prix des livres, gnagnagni gnagnagna… », à me faire désirer une retraite anticipée à Sangomar ! Savent-ils ce qu'il m'en coûte d'écrire ces livres ? Et les bibliothèques, sont-elles approvisionnées à l'intention des vaches ou des mbé, mbé-hé-hé-hé ? Allons !

Dire qu'ils se permettent ensuite de pinailler ? « Ma sœur, tu n'aurais pas dû citer Untel, parce que… Ma sœur, tu aurais dû parler de ceci et de cela… » Ils se prennent pour des ventriloques et me croient leur marionnette à fils ou quoi ? Si amers, faites donc un stock de prozac et foutez-moi la paix : je parle de ce que je veux et cite qui me plaît ! Ne touillez plus ma sauce, elle porte malheur aux phacochères ! Malgré vos dictées de reprographes méthodiques, aucun postillon ne diluera mon encre mauve. D'une vue de taupe, certains pèsent, soupèsent mes pages, dissèquent le moindre discours et flairent la petite bête même dans l'airain. Incapables d'accrocher une mouche à un fil de pêche, mais toujours à faire la fine bouche devant ma barque ! Déjà qu'ils grappillent mon butin de guerre ; faut-il en plus qu'ils trouvent à redire de mon cap ? Me cherchent-ils pour le karaté ou pour le kung-fu ? Ma rame en wushu gun, la voici diagonale, prête au combat. Kiai ! Tout casuiste qui tentera de s'interposer entre eux et ma rame s'en prendra une volée. Attention, en caïlcédrat, elle fait au derrière ce que la râpe fait au fromage. Voleur, qui défend le voleur !

Ces rapaces du Net qui piratent nos livres, où étaient-ils, quand, rêvant de balade à Sangomar et de suave senteur de Diguidia, je nettoyais les toilettes des autres pour mériter les miennes ? « Ma sœur, bravo et merci, tatati… » Ma sœur, riti, tama et, rata pitam, je te détrousse ! Que les voleurs arrêtent donc de me seriner du « Ma sœur », Marianne ou Mamafrica, aucune mère n'est fière de compter des pickpockets parmi ses enfants. Assez de ces « Ma sœur », c'est un seul masseur qu'il me faut, par votre faute : appauvrie en travaillant, je rame en galérienne, en espérant survivre au vol permanent des pirates.

Et, les avez-vous entendus discourir ? Ils auraient filé des frissons à Himmler, aucun d'eux ne doute de sa future sanctification ! Ces Che Guevara en carton-pâte bavassent d'une révolution sociale, alors même qu'ils bafouent allégrement les principes élémentaires du Contrat social. Des injustes réclamant justice ; quel diable plaidera des circonstances atténuantes pour eux ? Les entendre se réclamer du capitaine Thomas Sankara, en ignorant les valeurs qu'il défendait me cause de l'urticaire. Condamnez-les donc à retourner à l'école ! Telle dictature me semble, plus que tolérable, souhaitable.

De nos jours, la sous-instruction est l'un des drames de l'Afrique, et non des moindres. Le pire sous-développement est celui intellectuel, car il maintient tous les autres autant qu'il les induit. Beaucoup pensent que savoir lire et écrire suffit pour s'instituer leader. Sans prouver la moindre compétence, certains affichent un CV long comme le bras. Vous en avez peut-être déjà vu, de ces CV-bernard-l'ermite, qui indiquent douze métiers. Leurs auteurs n'ont généralement que le talent de contorsionniste par lequel ils s'incorporent dans toutes sortes de coquilles, quitte à déloger les légitimes occupants. Squatteurs de Minerve, que ces vantards usurpateurs de titres sachent qu'en toutes les langues, spécialiste en tout signifie spécialiste de rien du tout. On ne devient pas un génie universel par autodéclaration ! Quel que soit le savoir, sa maîtrise requiert du temps, du sérieux, de la profondeur. L'horizontalité du regard, balayant moult domaines à la fois, ne fait que caresser la surface des connaissances. Le plumeau ne sort pas le diamant du savoir de sa mine, non, il faut le courage et la ténacité d'un puisatier. Hop, à la bibliothèque ; et, cap Sirius !

Sommités intellectuelles pour les nains de jardin, certains de nos frères râclent la boue mais prêchent avec une ferveur de missionnaire ; attention, qui dit amen ira en Enfer ! Venant des peintres, des musiciens, des numismates ou des philatélistes, la passion reste inoffensive, mais lorsqu'elle habite des idéologues enténébrés, elle porte le malheur du monde. Moins éclairants qu'une bûche mouillée, certains agrandissent pourtant leur audience, leurs diatribes entraînant des masses de crédules dans les fourrés. Leurs thèses perdant toute consistance où que règne la lumière, ces gourous recrutent l'essentiel de leurs adeptes sur les réseaux sociaux, où bon nombre de pirates de livres se réfèrent à eux.

De tous les artistes, ce sont les africains qui vivent le moins bien de leur labeur. Non seulement, ils sont encore trop souvent les moins bien payés, mais ceux pour lesquels ils se décarcassent sont ceux qui accordent le moins de valeur à leurs œuvres. Cinéma, théâtre, musique, combien adaptent tout ou partie de nos créations, assis sur nos droits ? Des frères et sœurs, ceux-là ? Même pas des collègues, que des pique-bœufs ! Opportunistes, leurs prétentions artistiques ne sont que des maladies nosocomiales qui affectent ceux dont ils pillent l'œuvre. Sur les ailes d'un pélican, capitaine Sankara, l'homme intègre, enverra un peu d'ego à ces pseudo-artistes qui avilissent l'Afrique : en art comme ailleurs, le vol déshonore et vous rend indignes d'amour. Coupables, les pirates, d'où qu'ils viennent ! Et, de tous les malfrats, ceux qui s'attaquent à leurs frères et sœurs sont les pires ; non seulement ce sont des traîtres, mais, bandits de proximité, ils vous détruisent plus sûrement que tout autre. Le pire, c'est quand bien conscients de leur forfait, ils paradent, nous prenant tous pour des cruches, Africains et Européens confondus.

Si votre bonté de curé absout tout, bravo ! mais je ne fais qu'assumer un devoir : défendre mon pain, afin de ne quémander ni disputer le vôtre. Si vous jugez le râle excessif, demandez à mon derrière le prix d'une nuit d'écriture, puis, suivez la logique jusqu'au bout… Sûr que si votre employeur vous en demandait tant, vous le traîneriez aux prud'hommes ! Alors, oui, je gratte, pique, griffe, mords et cogne à bras raccourcis, parce que, ces indélicats, je les veux conscients, dignes, fiers et respectables, car l'Afrique a besoin de leur colonne vertébrale pour redresser la tête, surtout, dans ce miroir international qu'est le Net. Alors, si vous comptez sur eux autant que moi, ajoutez votre voix à la mienne pour leur urgent réveil. Voyez, je ne les maudis même pas ; malgré leur bonnet d'âne, ils restent mes frères. Raison pour laquelle, je veille, torche en main. Ce serait défaitiste ou trop généreux de leur souhaiter l'Enfer, déjà qu'ils peinent à apprécier la féérie du feu de bois à sa juste valeur. Pourvu qu'il y ait encore des poètes pour toujours entretenir la flamme en toute nuit !

Gratuité du livre ? Comme si les écrivains étaient salariés d'un régime autre que le nôtre ! Le mécénat direct aux plumes étant mort et bien mort, l'auteur est un ouvrier comme un autre : l'ouvrage assuré, il attend son dû. En d'autres temps, sous d'autres cieux, au Sénégal, par exemple, les artistes ont longtemps vécu, en grande partie, du *woyaane* : des laudations, et de la générosité de la population. *Sama guère... Sama Garmi... Sama Sangue* : « mon noble... mon aristocrate... mon protecteur », chantaient les griots, couvrant de louanges tout membre des familles aristocratiques sous la prodigalité desquelles vivait la leur, de génération en génération. Tous ceux nés, comme moi, quelques années après les indépendances peuvent en témoigner, notre adolescence a vu cette tradition encore bien vivante.

Et croyez-vous qu'elle fut parfaite et vraiment protectrice pour les artistes ? Parole de petit matelot, c'est l'appât qui perd le mérou ! J'ignore si c'est cette dépendance au don qui a entraîné la hiérarchisation de la société en castes ou si c'est l'existence des castes et de la pauvreté qui a favorisé cette forme de mécénat. Toujours est-il que ce système a maintenu la sournoise stratification de la société sénégalaise, qui fait que des gens se fréquentent, s'apprécient, se lient d'amitié, tout en gardant leurs affaires de cœur dans les limites imposées par leur supposé rang.

Ceux qui couvrent les artistes d'argent et d'autres bienfaits sont les mêmes à les dédaigner. Et bien qu'ils en fassent l'amer constat depuis des lustres, des artistes s'accommodent de cette situation. Toute honte bue, certain(e)s se vantent de leurs astuces pour obtenir plus et se gaussent des vaniteux qu'ils détroussent. Et le *woyaane*, la flatterie quémandeuse continue. De nos jours, ceux qui devraient combattre cette pratique assujettissante sont ceux-là mêmes qui l'entretiennent le mieux : les politiciens ! S'adjoindre chanteuses et chanteurs pour mégaphones semble leur première compétition à travers le pays, à chaque campagne électorale. Théâtre, stade, cérémonie, des inconscients déversent des billets de banque et donnent à tant de jeunes le goût de la courtisanerie. Et, pendant ce temps-là, en sciences, économie, art… le monde avance et vise Mars ; mais, avec une telle mentalité, un pays peut-il gagner un défi contre les tortues géantes des Galápagos ? Un Mao serait-il anachronique ? Encore aujourd'hui, de telles pratiques sociales persistent, reprennent même de la vigueur, surtout, avec les nouveaux frimeurs rescapés de l'émigration. Si les esprits critiques les dénoncent, d'autres trouvent intérêt à les maintenir, soit parce qu'ils en vivent, soit pour l'archaïque orgueil d'être rattaché à la morte royauté et d'être publiquement flatté. Suffit, la danse, tous au boulot ! Nous danserons mieux, après avoir redressé le pays et l'Afrique entière ! Ce serait cela être vraiment dignes des héros dont nous nous enorgueillissons. Eux ne dansaient pas en regardant leurs enfants mourir en mer. « Je suis Tel(le), descendant(e) d'Untelle et d'Untel, de la lignée X, je suis un morceau du disque solaire ! Je suis ceci, je suis cela... », tout en quémandant le prix d'un sac de riz ou d'un jean avec l'orgueil d'une savate. Allons ! Tous à l'école, à la fac, à l'usine ou fissa dans les champs ! La souveraineté commence par se nourrir et se vêtir soi-même. La solidarité ne dispense personne de faire de son mieux.

La gloire du sang est la plus stupide qui soit ! et c'est une Niominka qui vous le dit et l'assume. Quel mérite y a-t-il à se prévaloir d'une gloire dont on n'a pas soi-même payé le prix ? Porter la dignité de ses aïeux, ce n'est pas se contenter de la revendiquer et de se mirer dans cette glace sans se voir tel que l'on est. Non, porter l'honneur de ses aïeux, c'est se montrer digne d'être rattaché à eux par son propre mérite ; il s'agit donc de tenir sur ses jambes et puis tenter de gravir d'autres paliers, avec le flambeau qui les a rendus exemplaires.

En matière de rang, en ce troisième millénaire, nous naissons pareillement libres et vivons sur la même horizontale ligne de la dignité humaine : l'égalité que suppose la Déclaration universelle des droits de l'homme neutralise toute préséance héritée des seigneuries féodales, donc, invoquer celles-ci, même devant un escabeau, confine à l'immaturité démocratique. Raison pour laquelle les réactionnaires sont les plus vifs et les plus vils critiques des « droits-de-l'hommistes », comme ils médisent. L'égalité ne fait peur qu'à ceux qui tiennent à dominer les autres, c'est-à-dire, les retardataires.

Alors, artistes chanteurs ou musiciens, affranchissez-vous ! Récitant, magnifiant des arbres généalogiques pour desserrer des bourses, vous rehaussez des carrures en rabaissant la vôtre. Sachez que ceux que vous vantez avalent mille couleuvres, au bureau ou ailleurs, pour gagner les deniers dont ils vous cèdent des miettes. Des miettes, au nom desquelles, ils vous traitent comme des moins-que-rien et vous appellent « les vautours », quand ils ne sont plus qu'entre eux, après les selfies, loin des tam-tams, des photographes et des caméras. Ne voyez-vous pas, à quel point ils vous aiment ? Ils vous aiment tellement qu'ils refusent encore de vous accorder la main de leurs enfants pour le mariage. Ceux qui acceptent sont si rares qu'ils passent pour des renégats ou des révolutionnaires. Que leur reproche-t-on et de quelle révolution devrions-nous les féliciter ? « Mon chéri » vaut bien « ma chérie » et vice versa ; nos enfants s'aiment comme tous les jeunes du monde et ne demandent qu'à être heureux ensemble ; mais on leur demande encore de choisir pour le mariage, comme pour les billets d'avion, leur classe avant d'embarquer. Doivent-ils aussi choisir entre le musée des horreurs historiques et l'horizon ?

« Nobles ou non », rien que des enfants d'Ève ! Alors, chers frères et sœurs, ayez le courage d'indiquer le Rubicon à vos parents, s'ils contrarient vos amours ! Songez à cette espérance de vie de moins de soixante-dix ans, au Sud ! Déjà presque morts pendant vos émois, veilleront-ils sur vous jusqu'à votre retraite ? Non, seul(e) votre amoureuse ou amoureux sera à vos côtés pour la suite de votre vie, que je vous souhaite longue et heureuse. Sincèrement aimant, un parent préfère le bonheur de son enfant à la vanité d'un ancêtre fossilisé. Il n'y a qu'une question qui vaille ; et, lorsqu'elle est généreuse, elle est double : « Es-tu sûre que tu l'aimes ; es-tu sûre qu'il t'aime ? »

Dans une République qui se respecte, n'est-il pas normal qu'un humain aime un humain et que ceux qui s'aiment s'épousent devant le maire ? Aimez-vous ! Aimons-nous ! Rassemblons ! Ce si court séjour terrestre, n'est-ce pas terrible de se le gâcher à se jauger, se trier, se ségréguer ? Ne me souhaitez surtout pas en politique, car, je vous jure, qu'avec mes sérieuses et prouvées compétences de femme de ménage, je vous mettrai de l'ordre jusque dans le grenier de Kafka !

Quant aux Maîtres Corbeaux, qui donnent ostensiblement quand ils se font lustrer le plumage en public et méprisent ensuite les bénéficiaires, La Fontaine leur a laissé une leçon, et même leur ombre sait qu'ils sont encore plus méprisables que les renards qu'ils dénigrent in petto. L'indignité des flatteurs-profiteurs n'autorise personne à mépriser l'ensemble de leur communauté. Ceux qui se le permettent, sont-ils de courte mémoire ? Ignorent-ils l'histoire ? Au pays de la Téranga, rien de beau, de grand ne se faisait sans les griots. Garants de la réussite de nos fêtes, ils sont témoins de nos bonheurs et, maîtres de la parole, ces diplomates ne fuyaient pas nos malheurs. De toutes les branches sociales sénégalaises associées à des métiers, c'est de la leur que je me sens plus proche : outre qu'ils sont mes frères et compatriotes, le goût du verbe et de sa beauté nous réunit dans la même barque de la poésie. Littéraire, je partage avec eux le *khayaane* : la vie d'artiste. Prose ou poésie, l'écriture m'est *Tassou*/improvisation poétique, *khakhar*/satire, *garouwalé*/pamphlet, *bakou*/chant de défi, *tagueu*/éloge, *lèèb*/contes et légendes, *thiakh*/charade, *nakhataane*/apologue et slam, lamento ou joyeuse transe, toujours, le verbe pour seul outil.

Les griots, mes consœurs et confrères du verbe, Gathié Ngalama ! C'est par le verbe que les hommes deviennent humains, c'est avec des mots que les peuples tissent leurs valeurs et jettent une passerelle vers le futur. Que les médisants se souviennent, nombre de nos héros mouraient au front avec leur Beuk Nègg, leur griot assistant personnel et messager, ou rentraient vivants, réconfortés, galvanisés par lui, et même, parfois, sauvés par lui. C'est grâce aux griots qu'une bonne partie de l'histoire de l'Afrique est arrivée jusqu'à nous. Alors, si vous ne jalousez pas leurs talents de poète ou de musicien qui égayent nos vies, au moins, témoignez-leur de la gratitude pour ce service qu'ils ont rendu à l'humanité.

Mes chers compatriotes et collègues artistes du verbe, nous admirons votre art, valorisez-le. Trêve de woyaane et de la précarité de l'amateurisme ! Formez-vous et devenez des professionnels déclarés, que vos compétences artistiques se partagent hors de votre cercle. En ce troisième millénaire, l'école est ouverte à tous et ne demande à personne son arbre généalogique. Ceux que vous croisez sur ses bancs n'ont nulle raison de vous céder une part de leur salaire, surtout, lorsque vous gagnez autant qu'eux, voire parfois plus. Les temps changent, seules les épaves enlisées restent indifférentes au passage des courants. Au lieu de regarder certains vivre en laudateurs, sous prétexte de conserver une archaïque coutume, professionnalisons tous les savoir-faire et que les travailleurs facturent leurs services. « Loma diokh bakhna : quoi que tu me donnes, ça ira ou donne-moi ce que tu peux », c'est toujours une arnaque d'un côté ou de l'autre : ou l'on est trop payé par la gêne ou l'on est sous-payé par la pingrerie. Que chacun transpire pour sa dignité et soit rétribué de manière juste pour sa sueur, ce faisant, son pain ne coûtera plus rien aux autres et ne lui vaudra plus une mine de mendiant ni des quolibets.

Alors, la voici ma pétition : pour les griots restés artistes de métier, comme pour les écrivains et les artistes de manière générale, j'en appelle à la Constitution, ainsi qu'à la Déclaration universelle des droits de l'homme et réclame un traitement décent. Si nos compétences vous sont utiles, reconnaissez leur valeur et payez-nous, comme vous le faites pour tout autre travailleur. Quand nous travaillons pour vous, bien que nos compétences soient modestes, payez-les à leur juste valeur, votre dignité l'exige autant que la nôtre. J'ai trop attendu pour le crier haut et fort.

Par souci de courtoisie, on en arrive à avaler des couleuvres comme d'autres se couvrent la tête pour déguster des ortolans. Las, ça suffit ! Même des universitaires s'amusent à jouer les exploiteurs, après avoir mille fois cité Montesquieu. Ne se brûlent-ils pas les doigts sur *L'Esprit des lois* ? Non, vraiment, on ne sait pas par qui l'on est lu, parfois ! Quand j'irai danser le samtamouna pour Hemingway, Yourcenar, Sembène et Toni Morrison, en leur nom et au mien, ma stèle portera plainte contre les margouillats ; ils pensent que le soleil ne brille que pour eux. Sans rougir, certains vous proposent des cachets inférieurs au tarif horaire de mon époque de femme de ménage. Et encore, ce sont ceux dont la jugeote finit par admettre l'idée qu'un écrivain soit rémunéré. Alors, une information : tous les auteurs n'ont pas le même statut professionnel ni les mêmes obligations. Leur sécurité sociale étant couverte par leur employeur, les salariés publiant occasionnellement ignorent les montants que leurs collègues, avec un statut de chef d'entreprise, versent à l'Urssaf. Et, je vous garantis que l'évasion fiscale ne nous concerne pas, du moins pas tous, car, pour cela, il faut déjà réussir à se verser un salaire régulier.

Alors, les sourires suffisent-ils pour payer le loyer, les Pampers du petit et les baskets de l'aîné ? Les applaudissements assurent-ils le petit-déjeuner, le déjeuner et le dîner ? Oui, dans un cercueil ! Seuls ceux qui sont assis sur une fortune peuvent se permettre d'éluder ces questions. Ils sont ravis que je m'en sois sortie, disent-ils, condescendants, alors que je constate qu'ils ne veulent surtout pas que je dépasse la barre de la survie ; certains font même tout pour me garder sous leur nez. Vous leur adressez gracieusement un livre par fraternité, seul le vent d'hiver vous dit s'ils l'ont reçu ; alors, le liront-ils ? Pourtant, ils prétendent partager vos combats. Pinocchio, voici tes frères ! En vérité, ils vous poussent au front, à vos risques et périls, puis s'évaporent quand le soldat réclame des camarades. Sourds à tout appel, ils ne vous contactent que pour exiger une conférence gratuite ; le reste de l'année, vous pouvez dribbler la Rôdeuse des ombres, seul. Non, les paons n'adoptent pas les pélicans ! Et, il faut les entendre gloser intégration ! Les écoutant, Mohamed n'aurait pas choisi Médine pour son exil, il les aurait suivis, la main sur le cœur, mais, une fois édifié, il aurait vite rebroussé chemin. Quand vous êtes étranger/ère, certains se comportent avec vous comme s'ils vous faisaient une faveur de leur seule présence même passive dans votre vie, tout en exigeant sans cesse de vous des preuves que vous méritez bien d'habiter le même terrain que leur poulailler. Beaucoup imaginent encore l'étranger comme celui qui est toujours aidé par les autres. Détrompez-vous. Parfois, si esseulé, donc en quête d'entourage, il rend tellement service, que certain(e)s qu'il prend pour des ami(e)s mériteraient qu'il les appelle patrons ou patronnes.

« Mamadou est si sympa, il nous a encore fait un thiéboudiène dimanche dernier ; il viendra nous aider cette semaine pour élaguer les arbres du jardin ! Pedro nous a filé un coup de main pour la rénovation de la salle de bains, c'est nickel ! Nous rentrons de Pékin avec Ting, elle nous avait hébergés chez sa mère, c'était super ! Nora et Karim nous gardent les petits le week-end de la Toussaint, d'ailleurs, ils nous invitent pour les vacances de Noël à Monastir ! » Et, je n'ai pas mentionné le couscous régulier chez Khadîdja ni les tagliatelles chez Maria, dont le mari, Alessandro, sert de garagiste gratuit ; pourtant, c'est toujours nous, les venus d'ailleurs, que l'on accuse tout le temps de profiter. Comme si nous n'étions jamais utiles aux autres ! Non, rendre service est notre visa permanent. Et lorsque nous tombons sur des profiteurs invétérés, notre gentillesse vire au servage, notre indisponibilité étant souvent perçue comme un crime de lèse-majesté. Alors, être adopté, est-ce passer son existence à payer, seul, le prix de la fraternité ? Et ceux qui me harcèlent pour des conférences gratuites et s'offusquent quand l'agenda est seul fautif ; où sont-ils quand la nostalgie m'envoie ses démons ? Se disant ami(e)s savent-ils/elles ce qui hante mes jours ou mes nuits ? Où sont-ils, quand ma rame casse la gueule à la Rôdeuse des ombres pour lui arracher une aube de plus ? « Une collègue m'a dit que tu as été hospitalisée, elle t'a vue alors qu'elle rendait visite à sa mère ; qu'est-ce que t'as eu ? Pourquoi tu ne m'as rien dit ? » Et blabla, rebla… jusqu'à ses labiales meurtries, mes oreilles aussi. Mais, qui donc peut discuter de ses bobos avec une chimère ?

Un café, samedi prochain ? Désolée, je ne suis pas disponible, avait dit celle qui se plaignit ensuite de n'avoir pas été informée du rendez-vous chez Hippocrate. Pourtant, j'avais ramé longtemps dans son sens. Oh, hisse ! Alors, on pourrait se caler un dîner le samedi suivant ? J'aurais aimé, mais… mais, ce week-end-là, je vais chez mes parents. La centaine d'autres week-ends précédents, c'était du même tonneau, quand son Alexandre le Grand n'avait pas des projets pour le monde. La patience, la frustration, le dégoût, l'adaptation, puis, le renoncement, certes résigné mais aussi digne que résolu, ces petits détails-là, ceux qui causent pour la forme ne s'en rendent jamais compte, l'ami(e) étranger/ère étant censé(e) être compréhensif/ve et reconnaissant(e) même pour une relation d'une mortelle médiocrité.

Petit matelot, j'en ai vu des mirages, ils me retrouvent comme ils me laissent, toujours fidèle à ma rame. Inutile de leur reprocher l'absence, celle-ci m'est si familière, et puis, ma plume contient assez d'humains pour peupler le Sahara et le Kalahari réunis. Quitte à froisser quelques susceptibilités, allons-y gaiement : abandonner un écrivain, volontairement ou non, c'est toujours lui rendre service, car, c'est une chance qu'on lui donne de poursuivre tranquillement sa plus passionnante conversation : l'écriture. Et, ne le prenez pas mal, mais, s'il est aussi passionné que moi, il ne se rendra compte de votre absence qu'à votre retour. Entre Arthur et Boris, quand ces galants compagnons de veillées s'appellent Rimbaud et Vian, les nuits d'une Dame ne manquent de rien. Et, si la lecture allège la solitude, imaginez donc l'écriture et ses sortilèges ; d'une pirouette, la plume vous envole un tanker de blues pour le large. Qu'importent les traces de pas sur le rivage, chaque livre est un navire en partance. Une vie intérieure, ça existe vraiment et, bien apprivoisée, elle vous apprend à vivre, à survivre à la comédie humaine qui, finalement, n'est faite que de petites tragédies. La Rôdeuse des ombres nous pourchasse, grimaçante. Eh bien, qu'elle vienne ! C'est souriant que nous l'accueillerons à coups de rame, même les carpes ne se rendent pas sans combattre. Avec ou sans soleil, je rame en chantant, le chœur des vagues jamais ne tombe et l'écho du large me vaut coryphée. Polyphonies sérères, *mé-é/anda-è* ! Toujours, un vieil homme me rend le refrain : « mon petit matelot, ne crains pas la solitude de l'exil ; sache qu'ici comme ailleurs, les jours de houle, certains se mettent au sec. C'est la vie ! » Capitaine, j'ai bien vu, il en est même qui traversent leurs jours en ciré ! C'est la vie, rame ou coule ! Mais, les dauphins ne font pas des poules. Oh, hisse !

Pourquoi écris-tu ? me demande-t-on parfois. À vrai dire, j'ignore la réponse exacte. Créés par le même Designer que moi, les cocotiers savent-ils pourquoi ils sont cocotiers ? Ils font des cocos, c'est tout, c'est dans leur nature d'en faire. Par la faute d'Einstein, on nous demande, à nous tous, d'expliciter la théorie de notre propre relativité sur terre. Alors, disons que, s'il y a une équivalence entre la masse et l'énergie, comme le suppose Einstein, les forces qui actionnent ma plume n'ont d'égales que celles auxquelles elle résiste. La soif de lumière du regard se mesure à l'aune de l'obscurité qu'il fuit. J'écris pour faire semblant d'être intelligente, car je sais ce qu'il en coûte aux ânes d'afficher l'évidence de leur bêtise, on leur colle un harnais. Oui, j'écris pour faire semblant d'être intelligente, et ce n'est pas difficile, il suffit d'être moins sotte que la dinde pour laquelle les enfants d'Ève aiment prendre leur prochain. J'écris pour identifier les cavalières et les cavaliers du bal masqué, afin de larguer les amarres avant d'être prise pour une mule.

Tant que ces carnavaliers jouent leur théâtre, sans jouer les saints, tout va bien ; l'élégance, parfois, c'est se contenter d'apprécier le calme de l'escale, comme si l'on n'avait rien vu. Sur tous les ports, il y a des messes et toutes ne s'adressent pas au Seigneur, certaines n'ont même que faire de lui. Dans les mains des fidèles, ni Bible ni Coran ; alors sur quoi font-ils leurs dévotions ? Sur eux-mêmes ! Alors, dans leurs mains, ce sont des cerveaux qu'ils tiennent. Oui, des cerveaux humains qu'ils retiennent et modifient par leurs jongleries, quoi qu'en pense le Ciel. Terreur de petit matelot ! Mais, à qui font-ils cette horreur ? me demandais-je ; est-ce à des rameurs trop fatigués ? Des rameurs assoupis pendant leur escale ? Je n'avais pas fini de m'interroger qu'ils ont voulu s'en prendre au mien. Qu'importent les rituels, messes profanes ou sacrées, toutes les liturgies me conviennent, tant qu'elles restent œcuméniques et ne font de mal à personne. Mais, quand les voleurs de cerveaux ne se contentent plus de nous prendre pour des veaux et vont jusqu'à vouloir nous cacher le soleil avec deux doigts ; n'est-ce pas de leur faute s'ils reçoivent un coup de rame à l'avant-bras ?

Quand il s'agit d'écriture, on parle souvent du souffle de l'auteur, rarement on mentionne cette chose si indispensable, sans laquelle son souffle ne mène nulle part : sa vue. Et, cette vue elle-même ne sert à rien sans la lumière. Alors, l'ombre d'un prestidigitateur, portée sur la proue de ma barque ? Même à terre, c'est un abordage. Alors, une manœuvre, fissa fissa, larguer les amarres ! Loin du wharf, la lumière débarrasse des ombres de la baie. Baignée de lumière, la mer chante sa vérité, surtout, ni quart ni profil, elle s'étale telle qu'elle est, face au ciel ; quand la terre, elle, rampe, se planque sous les arbres et jusque dans les maisons. Beaucoup la croient plus stable et rassurante, alors qu'elle se coule partout sans faire de bruit et vous explose à la figure sans crier gare. La mer, elle, ne cache pas son jeu. La lumière marine est une vérité sans ombre portée. Au bleu des vagues, qui roulent les rêves à l'horizon, j'ajoute la rouge détresse terrestre, sur cette toile-là, j'écris mes lettres aux pélicans : c'est ma vérité, celle qu'ignorent les empiriques chimères de tous mes ports. Où dansent-elles, quand le rameur écume le soleil comme la lune ?

En escale, hors service à leur rendre au port, certains vous traitent comme une mouche du coche, pourtant, si vous vous éloignez, ils vous accusent d'ingratitude. Alors, leur poisson, ça se mange cru ou cuit ? Quand ils ne savent pas, je leur grille leur sole au bois de palétuvier. En amitié comme en conduite automobile, l'indécision cause des accidents. Partir ou rester ? Une seule règle : arriver correctement, rester amicalement, partir dignement. S'avouer vaincu, quand c'est vrai, ça n'a rien d'infamant, c'est le contraire qui l'est. Certains liens sont doux et font de vieux os, d'autres, non. C'est la vie, mon Capitaine ! Quitter un cimetière, ce n'est pas un crime de lèse-majesté ; ceux qui demeurent là nous attendent devant nous. Parfois, quand certaines personnes vous demandent « de rester malgré tout », cela sous-entend « malgré tout ce qu'eux-mêmes vous font subir ». Fuyez, ceux-là n'ont qu'une laisse pour vous !

À l'étranger, le samedi se passe sans laisse ; les week-ends, en général, ceux qui jonglent avec le cerveau des autres n'ont pas besoin de vous, mais de ceux qui comptent vraiment pour eux. Les parents ne sont bien souvent qu'un prétexte, ils ne sont jamais dans ces parcs, restaurants et pianos-bars, dans lesquels, confondus, les absents présents vous servent leur interminable laïus. « Je dois rendre visite à mes parents », c'est l'excuse-massue ; et vous qui n'en avez pas ou plus, en tous cas loin, très loin de l'Hexagone ? Allez donc promener votre gueule d'orphelin(e) ailleurs ! Frères et sœurs de même condition, choisissez donc une bibliothèque ou, peut-être, la pénombre d'un cinéma, plutôt, ancien, les fauteuils y sont moelleux et réconfortants. Sinon, n'importe quel parc fera l'affaire et, bienveillante, l'ombre des platanes épargnera votre triste mine aux passants. Ne blâmez pas cette sœur qui file un revers de main à Casanova ; sa faute à lui, ce n'est pas seulement d'être trop entreprenant, mais aussi d'être trop heureux pour être en phase avec les saules pleureurs.

Sur le même banc, les promeneurs n'entendent pas toujours le même chant d'oiseau. Rouge-gorge *vs* corbeau ! Ce n'est pas un concert, rien qu'une cacophonie. Plus discret que l'aurore, le crépuscule vient arrondir les angles du jour. D'un pas feutré, il raccompagne tous les oiseaux chez eux, tout en gardant à chacun son reste de plumes. Le regard des autres ne protège déjà pas le regard lui-même. Hier, il était si doux et lumineux ; aujourd'hui, on s'y noie comme dans une piscine sèche. Et, aussi inquiet que perplexe, l'étranger fait avec, il essaie même de garder le sourire. L'étranger a souvent de bonnes raisons de se demander si l'Autre l'apprécie sincèrement ou bien respecte simplement les apparences. De la susceptibilité ? Bien sûr, quel bipède n'en aurait pas, à des milliers de kilomètres de chez lui ? La susceptibilité peut vous sauver la vie, a fortiori, lorsque votre visage suscite chez certains la même réaction qu'ils ont face à l'irruption d'un sanglier sur l'autoroute : un freinage brutal, aussitôt suivi d'un départ en trombe. Non, vraiment, on n'a pas encore tout écrit sur la vie des immigrés. Et, croyez-le ou non, leur blues est trop sincère pour s'offrir le luxe d'en rajouter ; trente ans loin de mon berceau m'autorisent à l'affirmer sans trop écouter Socrate, cette fois-ci, je prête plus l'oreille à Jean Gabin : oui, tout ce que je sais, c'est que je ne sais rien, mais, ce que je sais de l'exil, ça, je le sais. Et, si vous en doutez, partez donc vivre une trentaine d'années à Tamadalka et retrouvons-nous dans une autre vie pour en parler. En attendant, si les *Lettres persanes* ne sont pas à portée de main, demandez à vos connaissances expatriées, si vous en avez, ce qu'elles pensent de ceci : aux étrangers, il manque tant de choses, mais, il y a une richesse qui ne leur fait jamais défaut, ils en ont même généralement plus que les autochtones : le sens de l'observation. Souvent, leur timide silence n'est que réflexion.

Quand les jongleurs ajustent leurs tours de passe-passe, je suis perchée au balcon de leur théâtre. Certains parmi eux sont si mielleux que votre tartine se passe de confiture pendant les deux semaines suivant leur appel. En ce siècle de la maigreur, oser faire ça à quelqu'un, surtout à une piscivore ! Je les dénoncerai à mon grand-père ; envoyez-leur des kilos de karité, suite à la fessée, ils passeront l'automne à plat ventre. Ils appellent, réitèrent, insistent, matin, midi, soir, jusqu'à l'accomplissement de leur programme, qu'ils tiennent pour nécessaire à l'humanité. Ensuite, pour la paie, ils s'inscrivent aux abonnés absents ou vous font lanterner, jusqu'à ce que la tachycardie vous ordonne de les attendre avec un gourdin au Jugement dernier. Alors, aussi déçu que déprimé, on se dit que l'immigration nécessite vraiment une grand-mère de poche, pour tous ces jours gris qui réclament une berceuse. Alors, musique ! Bach ou Kouyaté Sory Kandia, le blues gronde, ronronne à vous rompre les cordes du cœur. Et ça dure ainsi, jusqu'à ce que votre frigo vous encourage à parier à nouveau sur une autre carotte. Et ainsi de suite ! Et vous souhaitez la longévité ?

Si vraiment la liberté d'expression vous tient à cœur, sachez que, sans ressources, aucune plume n'est libre. Si la nécessaire gamelle ne domestiquait pas, les chiens seraient encore en train de savourer la même liberté que les loups, qui, eux, chassent et s'assurent eux-mêmes leurs repas, seule raison qui leur garde une indomptable liberté. Alors, l'écrivain ? Travailleur permanent, mais, gagnant sa vie de moins en moins ; sa voie est-elle encore le chemin de la liberté ou le discret début d'un servage ? Si ça continue ainsi, avant d'écrire du pudding, le silence me semble un joli bras d'honneur à tous les gougnafiers. Mais, d'abord, je devrais peut-être écrire deux tomes, à l'intention des futurs ex-écrivains, qui ne seront engagés ni chez Renault ni au Paris-Saint-Germain Football Club : tome 1 : *Comment glaner des châtaignes sur les belles collines du vignoble alsacien ?* Tome 2 : *Comment, au besoin, les chaparder du Bade-Wurtemberg jusqu'au Palatinat ?* Ceux qui suivraient les pistes de ces guides risquent fort de croiser des collègues allemands, se plaignant des mêmes maux que nous. Et, alors, *Weltliteratur* de galériens ! au moins, ce serait un beau débat forestier. Allez, je m'y mets ! *Guten Abend, mein lieber* Goethe ! voici tes cadets réunis ; sur ton conseil, ils œuvrent passionnément pour une Littérature-monde, se souciant de l'ensemble du genre humain ; mais, pourront-ils continuer avec cette universelle dévalorisation de leur travail ?

En échange de notre belle liberté d'expression, la libérale Démocratie fait aux écrivains l'obligation de vivre du commerce de leur talent. Et, ils suent sans trêve. À la fois écrivains, conférenciers, animateurs, intervenants scolaires, et même artistes de scène, nous démultiplions les activités pour remplir péniblement la même gamelle. Flux et reflux, d'un contrat à l'autre ! Flux et reflux, d'une tournée de conférences à l'autre ! Nous sommes nombreux à vivre avec un stress qu'ignorent les salariés mensualisés : des revenus fluctuants. Et, des jaloux mal informés se croient altruistes en prétendant dispenser la société de nos droits d'auteur ! En vérité, leur fumeuses théories ne font que légitimer le vol. Gratuité de la Culture ? Sûrement une chanson d'ivrogne ! Mangent-ils une pomme sans l'avoir payée ? Et nos livres, dont chacun nous coûte plusieurs saisons de notre vie, devraient être moins considérés que les pommes ? Yo, des tartes !

Les sophistes au ventre plein qui entretiennent ce fantasme, filent-ils seulement la pièce au mendiant, vu qu'ils souhaitent en voir d'autres dans nos rues ? Comme tous ceux pour qui l'élégance compte, je n'aime pas parler d'argent, mais, revendiquant leur dû, les artistes n'ont pas moins de noblesse d'âme que ces beaux parleurs aussi créatifs qu'une pierre tombale. Suffit, l'exploitation !

Plus que tout autre, les artistes sont sollicités, convoqués sur le terrain de la bienfaisance. Pourtant, leur sensibilité les disposant davantage à l'humanisme que la moyenne des gens, beaucoup d'entre eux s'investissent d'eux-mêmes dans l'action sociale, et plus que les donneurs de leçons. Ces derniers ne sont généralement généreux que de demandes, leur grandeur ne consistant qu'à plastronner sur la montagne d'efforts qu'ils exigent et obtiennent des autres. Et, malheur ! De tous les artistes, ce sont les africains qu'ils exploitent le plus, au nom de cette sacro-sainte et éternelle prétendue aide humanitaire à l'Afrique, qui pourtant fait si bien vivre tant d'Européens. Pays en voie de développement, nous disent-ils ! Soyons sérieux, une voie qui n'arrive jamais à destination est une voie mortelle. Si justement nous sommes pauvres, nous faire travailler en permanence gratuitement, nous maintenir donc dans ladite pauvreté, n'est-ce pas une démarche de sadiques ? Dévoyée, l'entraide vire au servage. Donner de mon temps, soutenir des causes, aider de temps en temps, bien d'accord. En revanche, du bénévolat toute l'année, alors que mon père ne s'appelle pas Crésus, même pas en rêve !

Simple algue de l'Atlantique, ni reine ni courtisane, nul ne demande une avance d'héritage pour m'amener à Courchevel. Luge ou ski ? Masochisme pour une fille du Sud ! Non, passez-moi donc un chocolat chaud ! Je slalome à la plume et, étant déjà correctement bronzée, c'est plutôt dans une bibliothèque que j'imagine le soleil, en rêvant qu'il vienne irradier sur mes pages. Les vacances ? Alpes ou Punta Cana ? Partez, revenez, vous n'irez jamais plus loin que ma rame ! Une plume, ça vous porte, vous transporte pour le plus long, le plus beau des voyages. Elle parcourt le monde en une nuit. Non, nul ne détrousse sa grand-mère pour me changer le sommier ou les meubles. Alors, puisque ça ne vous gêne pas d'exploiter les écrivains, pourquoi devrais-je me gêner pour vous chapitrer ? Confidence, j'y prends même un certain plaisir, voyez, comme les enfants s'esclaffent après avoir proféré les mots interdits. Le verbe libre ou le silence ! Je refuse de crever sans me débattre, même les mules, sur le point de mourir, gratifient le monde de leurs coups de pied. Allons, sortez les billets ! Je ne veux pas avoir à vous demander la pièce. Vous voulez que ma plume danse pour vous ? Si vous saviez ce que ça lui coûte de virevolter avec ses rubans mauves, vous auriez honte de négocier ses entrechats. Sortez donc les billets, bande de radins ! Vous déboursez des mille et des cents pour vous pourlécher les babines devant les gambettes des danseuses du Crazy Horse à Paris, alors qu'elles mangent comme des moineaux. Mon leumbeul sénégalais aussi le vaut bien !

Le front pile à midi, j'envoie ce communiqué aux agences de presse d'Afrique, de France et de Navarre : facturer le travail effectué fait partie de ma révolution politique et culturelle, car vivre de sa sueur est la seule voie que je connaisse pour accéder à l'indépendance comme à la dignité ; gagner sa vie, c'est une responsabilité qui découle de ces dernières autant qu'elle les conditionne. Alors, cassons le cercle vicieux qui nous maintient dans le sous-développement, payons le travail, au lieu de remplacer l'efficacité professionnelle par la charité concédée par des pauvres à d'autres pauvres. Quand une activité exige des compétences, la charité y tolère souvent la médiocrité faute de mieux ; car, quelle ingratitude irait demander des comptes aux bienfaiteurs ?

Saint Jean a dit dans l'Évangile : « Vous connaîtrez la vérité, et la vérité vous rendra libres. » Mais, non partagée, à qui, à quoi sert une vérité ? Alors, le verbe libre, plus de vérité et moins de jeu de dupes ! La fraternité ne rassemble pas des caméléons et ne file pas des chimères ; non, elle vous arrime l'âme à des valeurs qui vous portent, vous transportent, car, plus grandes que votre modeste personne. La clameur des louvoyeurs, ça nuit à la rame. Peu d'ami(e)s, mais sincères et déterminé(e)s vous sauvent une vie plus sûrement qu'une troupe de faux-jetons.

Et combien de faux frères, pseudo-collègues, me font passer pour une harpie auprès des néo-colons ? Si loin des racines, est-ce la solitude des villes-mondes ou la vilenie qui rend ces sagouins loquaces face à toute salade gratuite ? Savent-ils que pour gagner d'autres faveurs, certains de leurs interlocuteurs ne lésinent pas sur les confidences dans leur dos ? Ma statue sénégalaise sourit de la lâche perfidie de ces faux coéquipiers. Leur servilité compensant un manque évident de compétences, ils se plaignent de leur traitement en petit comité, mais s'écrasent encore et encore, au moindre claquement de doigts. À fuir ! Au moins pour deux raisons : leur crasse racisme de complexés et leur larbinisme éhonté ; le premier étant paradoxalement le moteur du second, qu'ils habillent d'une fausse gentillesse pour rester dans les programmes de ceux qui abusent d'eux. Ceux-ci les flattent, mais confessent ne recourir à leurs services que faute de mieux. Le mépris est donc réciproque et déshonore pareillement les abuseurs comme les abusés consentants, il prouve le peu de respect qu'ils ont pour eux-mêmes et pour les autres. Alors, exploiteurs, exploités ? Au temps des colons, les seconds n'étaient que victimes ; de nos jours, il est des circonstances où certains sont volontaires. Les vraies amitiés ne tiennent personne en laisse !

Hélas, cultivant leur malheur, les soumis font aussi du tort aux autres. Alors, ce message aux larbins : assumez votre liberté, suez honnêtement pour votre subsistance, et vous aurez le droit d'envoyer bouler ces profiteurs de néo-colons.

Sur demande, de corvéables plumes pondent, comme des cailles, des textes, de la qualité desquels ils se foutent royalement, tout comme de la gueule du collecteur d'œufs pourris. Qui donc lit ces textes ? Pélican du Saloum réfractaire aux cages, ma plume n'obéit pas à la gourmandise des varans. *Indignez-vous !* nous enjoint feu Stéphane Hessel ; mais savez-vous combien ça coûte aux artères du cœur, quand les raisons se réitèrent sans cesse ? En route pour le rendez-vous schillérien, laissons la basse-cour à ses affaires. Petit matelot, je ne suis pas de ceux qui s'accommodent d'une niche pour une gamelle. Oh, hisse ! L'horizon reste une invite, le pélican file au large mériter sa liberté !

La création sur commande extérieure est à l'art ce que la cuisine industrielle est à la gastronomie : une médiocre reconstitution. Que du déjà vu ! L'auteur est prié de singer son propre style et de le teinter de l'idée d'autrui. Non, je décide seule des nuances de mon encre mauve. La plume reste quand les autres s'en vont, elle nous accepte tels que nous sommes, avec nos questions comme nos contradictions. Ainsi, dans l'intimité de l'écriture, la plume peut pleurer souriante. Pudique, la lune couve ce que le jour outrage. Nocturne, ma plume cause à l'étoile du berger. Alors, si mon murmure vous parvient, faites-en ce qui vous chante, mais, votre ouïe ne m'engage à rien. Je n'ai signé qu'un contrat sous la lune : fidélité à mon cap et à l'étoile du berger. J'écris, la nuit, sur ce qui m'empêche de dormir, je ne peux pas m'approprier vos rêves. Même si nos prières s'adressent au même Seigneur, chacun sa voix. Jacques, écrivant l'idée de Paul à la manière de Jacques, ce n'est plus du Jacques. Arrêtons de flouer les lecteurs ! Lorsque le thème est imposé, le style de l'auteur n'est que glutamate. Entre les additifs circonstanciels du commanditaire et ses correcteurs de goût, les fins gourmets de Lettres peinent à détecter un arôme d'authenticité. À ceux qui se satisfont de telles mixtures et s'offusquent de l'indocilité de quelques cuisiniers, disons-leur tout net : émulsionner ses émotions avec n'importe quelle férule, ce n'est pas donné à tout le monde. Un certain niveau de masochisme demande du génie ! Étant dépourvue d'un tel génie, qu'y puis-je ? Alors, pardonnez-moi d'être ordinaire.

J'ai déjà été invitée par un salon du livre, puis désinvitée, en représailles, pour n'avoir pas eu la créativité d'un tube dentifrice, afin de satisfaire diligemment celui qui exigeait de moi un texte sur les migrants. Comme si je l'avais attendu pour penser à mes frères ! Ce prestidigitateur se dit humaniste. En vérité, il vend de l'humanisme, mais ne s'y investit pas. Non, il parie sur vous et, s'il perd, vous fait payer la note. Encore un Tonton tyran ! me dis-je, mais ça ne s'arrêtera donc jamais ? Toujours un marionnettiste pour se prendre au sérieux et terroriser la petite planquée dans ma plume ! Seigneur, Toi, le Suprême Architecte, dis-moi : tous ces corsaires, quand supposeront-ils enfin mon âme équipée d'un gouvernail ? Alors, je le répète : le despote n'a que la puissance et l'autorité qu'on veut bien lui reconnaître, car, se soustraire à son emprise, c'est l'anéantir. Et, bien qu'impuissante face à l'autoritarisme des faiseurs et défaiseurs de carrière, il me reste ma rame pour prendre le large, avec détermination. Le sillage d'un rameur ne tient pas qu'aux vents, favorables ou non, il dépend aussi de son ardeur à la rame et de sa fidélité au cap. Oh, hisse !

Mesdames, messieurs, les plaignants du port, un auteur, s'il a vraiment de la considération pour vous, ne vous remettra qu'un texte qu'il assume, sans honte. Et, s'il n'a pas le temps ou l'envie d'en écrire un, laissez-le tranquille ; n'ayant rien investi pour son souffle ni pour ses études, vous n'avez strictement rien à exiger de lui. Alors, foutez-lui la paix ! Car, intègre, il vous respecte autant qu'il se respecte en déclinant votre proposition, qui à ses yeux mérite autre chose qu'une courtoise médiocrité, autrement dit, de l'hypocrisie.

« Untel est si gentil, il a dit oui ; pourrais-tu... ? » Stop, alerte rouge ! J'y ajoute le bleu de l'espoir et, avec la bonne couleur, j'écris ceci : en bon français, parfois, « gentil » est remplaçable par « naïf », « sot », « stupide » ; alors, avec un superlatif, un gentil auteur, ça carbure à combien de watts de poésie pour un sprint littéraire ? Par un formidable salto arrière de la sémantique, l'ironie va même jusqu'à faire du gentil un être peu sympathique. Alors, « Untel est si gentil, il a dit oui ; pourriez-vous au moins, essayer ? » Non, sûrement pas ! Arrêtez de nous comparer les uns aux autres comme des pâtes à tarte et de si vulgairement nous mettre en compétition de soumission. Ayant surgi dans votre angle de vue, on ignore comment, et devenus votre cible, on ne sait pour quelle raison ; avons-nous à vous prouver plus que la biche au chasseur ? Survivre ainsi, avec des traqueurs aux trousses ne suffit-il pas comme prouesse ? Désolée, si je me débats trop bruyamment à votre goût, mais, parfois, je me sens comme une carpe dans un filet. D'ici, d'Afrique ou d'ailleurs, chacun son éducation et l'éthique qui lui a été inculquée. Un écrivain digne de ce nom ne se reconnaît qu'un seul maître, sa plume ; et n'a qu'un seul et unique concurrent, lui-même ! Car, sachant l'apprentissage permanent, il cherche à se surpasser de livre en livre. Alors, Kouti, Kouti ? Wouaf, wouaf ! Kouti tirant sa laisse ; combien de temps peut-on se mettre à sa hauteur sans s'entendre appeler Médor ? Donnez donc votre morceau de sucre à Kouti, un pélican n'en a nul besoin, l'horizon le rassasie.

Dans ce métier, où son avenir dépend en grande partie de l'amour des gens, si l'on n'y prend pas garde, on passe vite d'écrivain à danseuse du ventre. Parfois, répondre non à quelqu'un nécessite la rondeur verbale d'un diplomate et les nerfs d'un tireur d'élite ; et, quoi qu'il en soit, cela vous coûte des nuits d'insomnie. Alors, rendus insomniaques par d'injustes esprits, n'avons-nous pas le droit de perturber leur sommeil, à notre tour ? Disons-le, une bonne fois pour toutes : à Paris comme ailleurs, je ne veux signer que des accords de paix, mais, n'étant pas Kissinger, j'ignore comment ménager la chèvre et le chou. En revanche, petit matelot, j'ai croisé Capitaine Saint-John Perse, il m'a dit : « Le vent se lève. Hâte-toi. La voile bat au long du mât. L'honneur est dans les toiles ; et l'impatience sur les eaux comme fièvre au sang. La brise mène au bleu du large ses couleuvres d'eau verte. Et le pilote lit sa route entre les grandes taches de nuit mauve, couleur de cerne et d'ecchymose[1]. »

Artiste, on ne meurt pas de peine, mais de peindre un autre ciel. Peintres de lueurs nocturnes, arrachons nos pinceaux aux sbires de la Rôdeuse des ombres et ravivons la lune. Marchant, ramant, accompagné ou non, n'ayons pas peur d'ajouter des bleus ; les toiles n'en

1. Saint-John Perse, *Amers*, Gallimard, Paris, 1957.

seront que plus belles ! Alors, du rififi dans ma barque ? Arbitrage marin : les jours de péril, délester l'embarcation, en commençant par le moins nécessaire. Donc, entre les loups et les agneaux, je sais lesquels jeter par-dessus bord ; je ne suis pas Noé ! Les mécontents brandiront-ils du bois vert ? Qu'à cela ne tienne ! Le kung-fu reste un sport ; et, le sport, c'est bon pour la santé, surtout lorsqu'il est cérébral. Voici ma rame niominka dégainée sous la lune ! Touillant l'encre mauve, elle trace un sillage d'amour pour toute notre humaine fratrie, raison pour laquelle, elle arrache la mâchoire aux obscurantistes sous tous les hémisphères. Alors que j'écris pour rester libre, des opportunistes veulent faire de ma plume un piquet ; à quoi se saoulent-ils ? Qu'ils se mettent donc au bissap ! Leurs idées seraient enfin mauves, douces et bien plus claires que la brume de leur gueule de bois ! « Ceux qui ont oublié leurs rêves ne grandissent plus », m'avait dit mon Capitaine de grand-père. Mon rêve de petit matelot, c'est de garder ma rame hors de la tutelle des squatteurs d'âme. Leurs injonctions d'écriture assèchent la joie de la création. Surgissant d'on ne sait où, ils exigent de vous des merveilles en toute urgence, alors que leur esprit est moins fécond qu'un marais salant. Vous rechignez à boire leur calice, ils vous ingurgitent la mer Morte ! Est-ce qu'ils dictent leurs recettes aux restaurateurs ? Non ! Ils mangent, apprécient ou changent d'adresse. Alors, qu'ils cessent de touiller ma marmite de sorcière. Allez, sortez de ma cuisine, avec votre soupe kandia idéologique !

Assez de me faire enquiquiner par des manipulateurs qui prêchent l'humanisme, tout en piétinant ses principes ! Ignorant tout de votre vie et de quoi vivent les vôtres, là-bas, sous les cocotiers du Saloum ou ailleurs, ils vous cernent de leurs volontés, vous accablent et vous exploitent éhontément avec ce misérabilisme sur l'Afrique, dont ils font leur beurre depuis des lustres. Qu'ils demandent à Wave et Western Union ce que le sens de la solidarité nous coûte ! Indépendamment des mandats, savent-il la part de nos droits d'auteur qui finit dans d'autres poches que les nôtres ? Nous, qui vivons, travaillons, collectons, redistribuons nos gains, afin que survivent ceux que l'inique marée basse de l'économie mondiale laisse enlisés sous les Tropiques. Toujours, cette berlue ! Avec leur invariable ton condescendant, ces prétentieux vous expliquent l'Afrique, en oubliant que c'est vous ! Mails, téléphone, lettres ; leur pédanterie plaide un dévouement de caniche autant que la gratuité de votre seul moyen de subsistance. Et si délicats, ils vous harcèlent comme si leur projet requérait votre âme. Une certaine dame de Niodior a-t-elle fait un bébé sur leur commande ? Suis-je sortie de l'œuf d'une poule de leur grand-mère ? Allons, passez à table, mais sans moi ! Avec fromage ou tomates, votre omelette ne s'appelle pas Fatou, cessez donc de me casser le crâne.

Aussi incompréhensifs qu'une grippe, même quand votre agenda est seul responsable de leur frustration, ils prennent la mouche, rouspètent, vous jugent et sermonnent avec une morgue qu'aucun banquier n'oserait se permettre face à son pire débiteur. Mais, que devons-nous à ces divinités humanitaires autoproclamées ? Aussi impatients qu'exigeants, au verbe « convaincre », ils préfèrent « contraindre » ; et, le poids de leur bonté repose sur les épaules des autres. Certains leur obéissent pour se faire bien voir, d'autres par gêne, d'autres encore par pure lâcheté. Quant à moi, que tout organisateur sache que je le respecte, mais, toujours autant que je me respecte, ni plus ni moins. Alors, quand j'accepte votre invitation, dormez sereins, seul un astéroïde sur la tête pourrait m'empêcher d'honorer ma parole. En revanche, quand je dis non, comprenez que je l'affirme avec la même sincérité. Donc, inutile de m'assiéger ou de m'envoyer un pape, il n'y changera strictement rien et sera peint en mauve avant de revenir vers vous. Ne disputant à personne son gouvernail, dans ma barque, je garde la barre. Alors, aimable invitation ou chantage urticant, quelle que soit la réponse, sachez qu'en dehors des vents favorables ou non, mes escales n'obéissent qu'aux inclinations du cœur.

Concéder une action sous la pression des cyniques manipulateurs de la bienfaisance dévoyée, ce n'est pas de l'altruisme, c'est de la servitude. L'humanisme est incompatible avec la tyrannie, même bien intentionnée, la servilité contrevient donc à ses valeurs. Sincère et bien compris, l'humanisme c'est d'abord une éthique : considérant le respect de l'humain universel, on reconnaît aux autres la même inviolable souveraineté qu'à soi.

Souscrire à ce principe, c'est l'appliquer, surtout, se l'appliquer sans réserve. Alors, forçant la main, pliant des plumes à leur seul désir, aimant les caméras plus que les hommes, de quel humanisme nous parlent ces saintetés cathodiques ? La vache a dit : « Ostentatoire, l'altruisme n'est que pure vanité ! » Observant certains thuriféraires de l'humanitaire, Diogène se demande combien de galaxies les séparent de l'abbé Pierre et de Mère Teresa. Mon grand-père en faisait beaucoup pour les autres, mais, toujours, discrètement ; son incorruptible humanisme reste une leçon qui m'interdit encore de médiatiser mes modestes actions, raison pour laquelle des kékés aussi ignorants qu'audacieux se permettent de me faire la leçon à longueur d'année. Aujourd'hui, la discrétion passe pour de l'inaction, voire une attitude hautaine. Et la modestie ou la timidité, alors ? Allons, les crocodiles, couvrez-vous un peu !

En ce siècle de l'exhibitionnisme planétaire, c'est la pudeur qui passe pour une tare. « Fais un chapitre sur ta mère, sur ton père aussi… ce sera plus vendeur ! » réclamait la cavalière ; et, mon tenace refus l'exaspérait. Comme beaucoup, j'ai peut-être des raisons de faire pleurer dans les chaumières, mais je n'écris pas pour décrire les abandons, seulement pour partager ce qui m'a permis d'y survivre, jusqu'ici. Non, je n'écris pas pour pleurer sur les absents, mais pour rendre hommage à ceux qui étaient présents et bien présents : mes inoubliables grands-parents. Madame la cavalière, elle, tenait à ce que j'exhibe mes amputations. Une éditrice a-t-elle le droit de forcer l'ouverture des plaies des auteurs ? N'est-ce pas à chaque auteur de choisir quand et comment promener sa plume dans les fêlures de son âme ? En quête de beauté, j'écris pour partager mon kit de survie avec ceux qui me font l'honneur de me lire ; ils ont sûrement eu, eux aussi, leur lot de blessures, à quoi leur servirait-il de mirer les miennes ? Tant de bêtes à plume s'effeuillent sous les caméras du siècle ! Non, rhabillons-nous d'un peu de décence, il fait si froid dehors. Quand nous avons la chance de ne pas dormir sous la lune, invitons les étoiles dans nos pages. La littérature, ce n'est pas que satyres et nymphettes ni seulement houles et naufrages ; elle offre aussi l'horizon et de belles rives ensoleillées. La vie est cruelle, tout le monde le sait, alors, puisons dans la poésie un peu d'onguent pour l'âme. Autrefois élégante, la discrétion est aujourd'hui jugée louche. À force de médiatisation, même les actions de bienfaisance humilient les bénéficiaires plus qu'elles ne les aident.

Gnangnan, que fais-tu pour l'Afrique ? Ils me prennent pour Bill Gates ou quoi ? Et l'Afrique, qu'a-t-elle fait pour moi ? À douze ans et demi, j'ai gagné mon premier salaire de bonne à tout faire à Banjul, en Gambie. Depuis, et sans interruption, j'ai toujours ramé, transpiré pour accéder à ma gamelle, sans bras long. Alors, que fais-tu pour l'Afrique ? Ce que je veux ! Comme je le veux ! Et, surtout, ce que je peux, quand je le peux ! Aux Torquemada, vos questions ne peuvent troubler une conscience tranquille ; c'est l'Afrique mère qui me doit à mes grands-parents, c'est donc avant toute autre considération, l'amour, la fidélité et la gratitude que je leur garde, qui me lieront toujours à Niodior, au Sénégal, à l'ensemble du continent noir, mais, aussi au reste du monde. Que fais-tu pour l'Afrique ? Et vous, bande d'inquisiteurs ? L'humanité attend notre contribution, à nous tous.

S'ils pouvaient seulement continuer leurs happenings sans se prendre pour nos précepteurs, ils n'auraient rien eu à reprocher aux fans des lumières de Montesquieu. Oui, sans leur harcèlement permanent, j'aurais avalé ma langue de vipère avec une salade César. D'ailleurs, au lieu de perdre du temps à peindre les verrues qui leur rongent la figure, j'aurais mieux fait d'écrire une lettre à Senghor, et lui dire, Kôrmâma, parce que les deux hémisphères de l'amour tiennent dans la même plume et causent à la même lune, nous aussi, notre silence résonnait de tes mots : « Nous étions assis dans l'angoisse, à l'ombre de notre secret / [...] Et dans mon cœur qui s'étonnait, dans mon cœur de silence qui n'en pouvait mais / cette rafale d'aboiements là-bas, qui l'éclataient comme grenade. / [...] En écoutant nos cœurs, on les entendait battre là-bas du côté de Fadyoutt[1]. »

Toujours, le mien djoundjoungue à Strasbourg, au diapason de Niodior, et vice versa ; mais, cette évidence-là, ceux qui croient nous rappeler à l'Afrique

1. Léopold Sédar Senghor : « Était-ce une nuit maghrébine ? », in *Nocturnes*, 1961 : *Œuvre poétique*, Éditions du Seuil, Points, 1990.

la soupçonnent-ils ? Qu'ils parlent, j'écris ce qu'il manque à leurs discours. Quand ceux qui doutent du flux et du reflux interrogent notre lien à Mama Africa, je me fie à la prédiction d'Orphée noir, ce visionnaire m'a dit : « Nous aurons d'autres nuits Sopé : tu reviendras sur ce banc d'ombre. Tu seras la même toujours et tu ne seras pas la même. Qu'importe ? À travers tes métamorphoses, j'adorerai le visage de Koumba Tâm ![1] » Oui, petit matelot, je rame, de rive en rive. Mais, de Niodior à Strasbourg, de Strasbourg à Niodior et d'idiome en idiome, c'est toujours le même diome qui soulève la rame ! Qu'importe le port, il y a toujours une fratrie sur le quai. Escale européenne, africaine ou américaine, en robe alsacienne comme en tiwâne niominka, partout la terre mère reconnaît toujours sa fille.

D'honnêtes militants agissent à longueur d'année, défendent des causes avec sincérité, peu sont reconnus à leur juste valeur, pourtant, eux, ne s'en plaignent pas ; leur motivation ne dépend pas du nombre de caméras ou d'articles de presse, car fondée sur une vraie et profonde conviction humaniste. Les charlatans de la cause humanitaire, eux, se croient d'irremplaçables anges au chevet du monde et s'arrogent le droit de sermonner le quidam. Pour eux, un écrivain africain est un soldat de leur armée imaginaire et doit se mettre au garde-à-vous, dès qu'ils prononcent l'une de ces formules magiques : « association », « aide humanitaire » ! Les écrivains ne

1. *Ibid.*

sont-ils pas assez grands pour choisir leur cause. Faut-il leur en demander toujours plus ?

Des écrivains par-ci ! Des écrivains par-là ! Les éditeurs ont fini de nous transformer en représentants de commerce et le divertissement, en pitres. Certaines invitations prouvent qu'on accorde de moins en moins de considération au statut d'écrivain. Asie, Afrique, Europe, Amérique ! On a plusieurs fois eu l'indécence de me proposer d'aller essorer ma cervelle au bout du monde, pour un montant qui ne déplace pas un plombier dans Paris. Évidemment que j'ai refusé comme devant. « Mais, on t'offre l'hôtel et le billet d'avion ! », osaient-ils, comme si j'allais flemmarder au Club Med ! Sans compter les semaines de réclusion pour préparer leurs multiples conférences, risqueriez-vous votre vie dans les trains, les avions, les autoroutes ou sur les pistes rouges pour un dîner exotique, deux tickets de taxi, des poignées de main et quelques applaudissements ? Encore heureux qu'ils paient les billets de transport pour leurs programmes, bientôt, ils me demanderont d'y aller à la nage. J'ai maintenant compris pourquoi, malgré les beaux discours, le sort des migrants et des réfugiés reste inchangé : pour la majorité des bipèdes, le seuil de tolérance à la galère d'autrui est beaucoup trop élevé, c'est même la raison pour laquelle les grands humanistes marquent la mémoire collective ; en tout temps, en tous lieux, ils représentent des exceptions confirmant la règle, cette misérable petitesse de cœur qui fait de tant de Sapiens des Sauriens.

Mesdames, messieurs, une ville se découvre, elle ne se mange pas ; qui peut digérer New York, Abidjan, Tanger, ou Varsovie ? Arrêtez de me vendre la découverte d'une ville comme émoluments. De retour de votre messe, les mêmes factures que les vôtres m'accueillent sans aménité. Des écrivains par-ci, pour commémorer les fleurs du printemps dernier ! Des écrivains par-là, pour compter les feuilles mortes de l'automne précoce ! Des écrivains, jusqu'à Rakass-Kamass, pour faire mousser telle récente duchesse ou pour lustrer le plancher de tel baron du moment ! Et nous y allons, pleins de foi, les sourires de nos lecteurs aidant à tenir le coup. Toute l'année, on nous fait crapahuter pire que la troupe de Molière. Ne manquent plus que les tréteaux, mais nous les trouvons sur place. Quand donc sommes-nous censés écrire ? Quand se recueillir, se replonger dans le calme d'une réflexion ? Quand lire, écrire, relire, ajuster, ciseler, peaufiner son propos ? Son calme en permanence perturbé, Balzac aurait-il laissé plus qu'une esquisse de *La Comédie humaine* ? Il faut du silence pour écouter le murmure des muses, du temps pour décoder les secrets du verbe et trouver de quoi sertir un livre qui vaut le coup d'œil.

Le monde exige nos compétences, mais gratuitement, les éditeurs nous dépossèdent de notre liberté de création ; à part nos yeux guettant le coucher du soleil, que nous reste-t-il ? Alors que l'on nous parle de « réalité augmentée », les livres, eux, rétrécissent comme nos ressources. Dans ce monde qui semble prêt à remplacer les artistes par l'intelligence artificielle, on envisage de partager nos routes avec des voitures autonomes, tandis que les écrivains, eux, se voient retirer leur autonomie, de plus en plus. Question aux professeurs d'éthique : une machine paramétrée mérite-t-elle plus de liberté qu'un humain ?

Coincés entre l'élitisme des occultistes, intelligibles seulement par ceux qui parlent une langue morte, et des éditeurs considérant leurs textes comme des fruits de saison, nombreux sont les écrivains inquiets. Quel sera leur avenir ? Quel horizon pour la littérature ? Si l'alarme vous semble excessive, passez donc chez votre libraire, interrogez ce qui vous est proposé, comparez les tables consacrées aux soupes de saison, dont les miennes, à celles qu'il reste aux Belles-Lettres ; même sans nager dans le milieu littéraire, vous en verrez la marée basse.

Flux et reflux : vingt ans du *Ventre de l'Atlantique* ! Flux et reflux : est-ce le blues qui monte avec l'âge ou l'innocence qui se retire avec le sourire ? Entre flux et reflux du moral, à quoi songe la corporation des bêtes à plumes ? Auteurs et livres traités en denrées périssables, une plume débutante a-t-elle encore une chance de mûrir, de s'affermir et de bâtir ce que les anciens appelaient une œuvre ? Peut-on encore espérer « être de ceux qui construisent l'avenir », au sens où l'entendent les Compagnons du Devoir ? Ces inspirants modèles de persévérance me démentiront-ils, si je soutiens qu'en dehors de la lumière des maîtres, seules la durée et l'assiduité à l'exercice affûtent le talent et donnent à l'ouvrage la qualité qui en fait une œuvre ? Hâtive, urgente, sommaire, la littérature ne court-elle pas à sa perte ? Beaucoup d'éditeurs n'écoutant plus que le marché, combien d'auteurs peuvent encore prendre le temps de sillonner les labyrinthes de l'âme humaine et de creuser les mystères qu'interrogeaient nos illustres aîné(e)s ? Ces plumes, si éclairantes en leur époque qu'elles demeurent des phares. Garderons-nous de tels modèles en ligne de mire, si l'écrivain n'a plus la direction de son œuvre ? La littérature, cette issue de secours, certains en font maintenant un cul-de-sac.

Au fond d'une crique, à quoi sert une rame ? Vous laisserez-vous emmurer ? Même face à une mortelle impuissance, il nous reste toujours la force de l'intention et le timbre d'une voix, alors, point de reddition ; voici ma rebuffade et mon cri de Munch : Le verbe libre, avant le silence !

VII.

Au-delà des murs, l'humain pour horizon

Quel que soit le domaine d'activité, il est de modestes matins où l'immensité de ce qu'il reste à accomplir fait ployer le moral plus qu'un espadon ne plie une canne à pêche. Alors, Sisyphe est-il tenace ou têtu ? se demande-t-on. Certains objectifs sont si grands qu'ils débordent la durée d'une vie, les envisager peut donc sembler illusoire. Pourtant, même doté seulement d'une puissance de fourmi, se rappeler que Sisyphe n'a pas renoncé à rouler son rocher suffit pour recouvrer la motivation. L'inertie étant encore plus vaine que la plus humble des tentatives, nous préférerons toujours l'action et ne renoncerons pas à ramer contre vents et marées. Pour énorme qu'elle soit, la houle ne détournera jamais les marins de la mer !

Transmission. L'Océan de l'existence n'a pas de balises, mais tout sillage imite ou prolonge d'autres sillages. Rame en main, il n'y a pas que mes biceps qui se souviennent du fortifiant couscous de ma grand-mère, chacun de mes coups de pagaie va puiser sa force dans la détermination d'un vieux loup de mer, mon inoubliable grand-père. À Niodior, dans sa concession baptisée Boussoura, mon vieux pêcheur accueillait, hébergeait toutes les créatures du Seigneur qu'il appelait les Hadama-dings : les enfants d'Adam ; et, peu lui importait leur couleur, du moment qu'elle figurait dans l'arc-en-ciel, elle était bienvenue. Mes amitiés, aussi éclectiques que multinationales, ont toujours trouvé la tendresse d'un grand-père et d'une grand-mère chez moi. Là-bas, venus pour une semaine, certains restaient parfois des mois. Il en est même qui ont fini par élire domicile à Niodior, grâce à mon vieux pêcheur. Traversant le vingtième siècle, son cœur ignorait déjà les frontières. Élevé par cet homme-là, peut-on s'accommoder des cloisons ?

Qu'importent les années et les kilomètres, il est des voix que le hurlement des loups ne parviendra jamais à couvrir. Petit matelot d'antan, aujourd'hui marin au long cours, je vogue entre les continents, mais, jamais seule. Dans ma mémoire, murmure une belle voix qui oriente mon sillage, de port en port. Au Nord comme au Sud, ma barque accoste toujours chez elle, parmi les Hadama-dings. Je n'écris que pour célébrer cette fraternité-là, c'est aussi ma façon de rester loyale au vieux pêcheur. « Après l'esclavage, la colonisation et les guerres mondiales qu'il y a eu, crois-tu l'entente entre les peuples, comme tu dis, vraiment possible ? » lui avais-je un jour demandé, alors que lycéenne, au lycée Demba Diop de Mbour, j'étais revenue en vacances et révisais mes cours sur ces sujets-là. Comme souvent, quand on lui posait une grave question, il était resté silencieux un moment, puis, s'était tourné vers moi et, souriant, il avait dit calmement : « Contente-toi de faire ta part. Tu vois notre champ de mil à Fandiongue, se planter à sa lisière, à évaluer tout le travail qu'il reste à faire et à se demander combien de temps cela prendra, ça ne suffit pas pour le labourer. Il faut se mettre à l'œuvre ; il en va du champ comme du reste. À ton modeste niveau, agis toujours sincèrement dans le sens où tu voudrais voir les autres aller, c'est la meilleure façon de les convaincre. Et, je te l'ai déjà dit, être un bon rameur, ce n'est pas faire le tour de la mer… Souviens-toi. »

Tout marin se souvient de son premier Capitaine et, lorsqu'il a été aussi éducateur que le mien, ses leçons restent un viatique. Mâma, Kôrmâma ! Je ne dirai pas *In memoriam* ; toujours vive, ta voix m'indique l'horizon. Elle me rappelle que nul n'a besoin d'une force herculéenne pour défier Sisyphe. Osant notre modeste sillage, nous savons le cap lointain, les vents froids de certains soirs le disent même inaccessible, mais chaque coup de rame garde l'humain face à l'horizon, éveillé, veillant à ses rêves. Ne serait-ce que pour cet éveil-là, rame à l'eau. Oh, hisse ! Tant que bat le cœur, c'est flotter ou couler, mais, donnant la réplique au roulis des jours, une voix me hale la barque.

« Rame, petit matelot, redresse-toi et rame ; l'action ne sauve pas toujours, mais l'inertie hâte le naufrage, même à terre ! » me remotivait mon vieux Capitaine, lorsque à la pêche, surpris par les vents, nous étions ballottés par les vagues et que mon moral plongeait plus bas que ma rame. Se redresser, ramer vaille que vaille ! Cet état d'esprit, c'est ce que j'essaie encore d'appliquer, agrippée à ma plume. Action contre inertie ! Tant que le cœur bat, tenir sa rame en mouvement. Vents favorables ou non, faire danser sa rame ! Ne me mesurez pas le trajet, ne me chronométrez pas la navigation, le sablier de la Rôdeuse des ombres suffit pour décompte. Sur l'Océan de l'existence, je ne rame pas pour gagner des régates, mais pour rester dans le sillage de mon vieux Capitaine. Et si je n'ai qu'une frêle rame, bravant son Atlantique pendant le temps qui m'est imparti, elle enverra toujours valser les corsaires et les esprits enclavés qui voudraient nous consigner au fond d'une crique. Même les algues marines voguent, se croisent et s'entrelacent ! « Infini, l'Océan se ramifie, contourne tous les obstacles pour nous mener les uns vers les autres, notre humanité aussi », disait mon vieux Capitaine. Ces mots à l'oreille, ma frêle rame catapultera toujours les digues, car, plus qu'un vœu, j'ai la force de ceux qui rament avec et vers leurs frères. Aux vagues scélérates, j'oppose la force de mon international équipage. Et quel équipage ! À tout saint Thomas qui voudrait le dénombrer, dites-lui que même Einstein aurait donné sa langue au chat, car chaque minute voit naître d'autres rameurs qui étoffent nos rangs. Cap Liberté, le voyageur est parfois esseulé, mais cap Fraternité, on n'est jamais seul, les rameurs s'indiquant réciproquement la direction d'un regard ou d'un sourire. A-t-on trouvé mieux qu'un sourire comme destination ?

Mon vieux Capitaine me l'a promis : ceux qui rament,

conscients de leur fratrie, ceux-là ne redoutent nul port, car ils retrouvent les leurs partout. D'une fratrie planétaire, ma barque ose tous les ports ; unie, cette fratrie est assez forte pour renvoyer tous les loups dans les fourrés. Ces griffus n'ont rien à faire parmi les Hadama-dings, or la littérature est faite par et pour les Hadama-dings. Laissons les questions de pelage aux fermiers ; le tri du cheptel divin, c'est inapproprié, surtout quand il s'agit des écrivains, même si certains nous prennent pour des chevaux de course. Au lieu de nous coller la bride, que les cochers de l'édition se tournent vers les écuries, ils feraient sûrement des merveilles à Vincennes. À la fois projection et retour à soi, l'écriture requiert le calme de la méditation, la contraindre au galop comme au saut d'obstacles ne peut que lui nuire. Malmenant leur monture, combien de jokeys rêvent de la cravache d'or ? Eux-mêmes s'éreintent en pure perte. Résolue, une plume est plus difficile à diriger qu'une harde de mustangs. Et lorsqu'elle reste obstinément horizontale, elle pèse plus lourd que le menhir couché de Locmariaquer. Et, ne cherchez pas un treuil, seule la volonté de l'auteur peut la soulever, la faire danser. La force insoupçonnée du faible devant toute puissance, c'est sa propre volonté, que lui seul peut mettre en branle. Pinson, l'auteur chante, s'il le veut. Et, s'il lui prend l'envie de se taire, son silence a beau exaspérer Goliath, celui-ci n'y peut rien, à part lui tordre le cou. Voilà ce qu'avait compris Stig Dagerman, lorsqu'il fit du silence l'ultime écrin de son blues mais aussi de sa liberté.

Liberté chérie, unanimement reconnue précieuse ;

alors comment se fait-il que certains ne se gênent pas pour saccager celle d'autrui ? Liberté, ce n'est pas le nom d'une belle prairie lointaine, à laquelle le marcheur aspire pour un repos régénérateur. Non, la Liberté, c'est le champ d'une bataille permanente ; et, qui ne défend pas son layon se voit poussé dans les ronces. Alors, la Liberté, c'est une démarche, une attitude, une allure de soldat, un état d'esprit, une manière de vivre, le regard toujours à l'horizon, le cœur prêt à défendre la souveraineté de sa dignité humaine. Pour une telle bataille, biceps et mollets ne sont d'aucun secours, c'est le cerveau qui a besoin de tonus pour casser les entraves et démonter les cloisons. On le sait, les barrières poussent dans la tête ; et, seul le savoir peut les abattre. Donc, l'éducation, encore et toujours ! Être libre, c'est vivre avec la claire conscience que tout obstacle créé par l'homme peut être détruit ou, du moins, surmonté par l'homme. Cette conviction suffit pour entretenir la persévérance. Sauf pour les démissionnaires, aucun obstacle n'est définitivement infranchissable, car, tant que l'on est vivant, la tentative reste possible. Obstinée, une épingle à cheveux peut fendre une muraille et, non seulement l'espoir d'y parvenir garde debout, mais ce simple dessein constitue déjà un échec pour les bâtisseurs de cloisons. Non, nous ne nous résignerons jamais à leurs cages, ce serait leur concéder la victoire. On peut nous freiner le pas, mais pas l'intention qui impulse le mouvement et persiste à relancer la marche. Toujours dans le sillage des pélicans, nous garderons notre plume libre ! L'écriture n'est pas une danse de salon ; transe autogénératrice, elle se passe de maître de ballet. Sincère dans sa quête, un écrivain n'a pas besoin de cocher ; il écrit tel que l'on affronte son tournis. Et, parce que nul ne chancelle sur les jambes d'autrui, écrire, c'est fixer l'horizon de son propre regard.

Qui es-tu ? D'où viens-tu ? Pour qui écris-tu ? Le prochain qui me posera ces questions, Sangomar le rendra silencieux pour le reste de ce millénaire. Perdu en forêt, a-t-on besoin de justifier la raison pour laquelle on essaie d'ouvrir une piste à travers les ronces ? Ne s'agit-il pas seulement d'oser sa foulée vers la lumière ?

De la planète Terre, ignorant si nous avons des frères sur Mars, j'écris humblement comme on alimente son feu de bois, en pleine forêt. J'écris, comme on se promène avec une buche en flammes, à la recherche d'un chemin. Éclairant mon pas, la lueur est aussi à tous ceux qui veulent bien se donner la peine de partager ma virée sur cette terre. Ma barque sur les flots de l'existence, mon murmure s'adresse même aux crocodiles, aux tortues comme aux requins que ma rame dérange, s'ils daignent prêter l'oreille. Puisqu'il nous faut partager ce monde avec ceux que Dagerman surnomme les lézards, autant les inclure dans le dialogue. Mieux les connaître, tenter de les ramener à de meilleurs sentiments ; n'est-ce pas la façon la plus sûre de réduire la menace qu'ils représentent ? Dialogue, même de sourds, dialoguons !

Alors, à qui parle une plume ? D'où parle-t-elle ? En matière de création artistique, l'appartenance qui prime sur toutes les autres, c'est celle à la fratrie humaine ; et si l'on se plaît à souligner ensuite une communauté de pensée, celle-ci transcende toutes les frontières et nous ramène à la macro-communauté qui l'inclut : l'humanité.

L'assignation identitaire ? Une lubie de cancres ! Tenace, elle dissèque, dissocie, compartimente, étouffe les humains entre les cloisons, ses adeptes étant les premiers otages de leur vision étriquée. En littérature, l'assignation identitaire est doublement mortelle, puisqu'elle concerne autant l'auteur que son œuvre, elle a sur celle-ci le même effet que le sécateur sur un arbre. Sectionnant, retranchant des branches entières de réflexion, on appauvrit le champ thématique d'un écrivain et délégitime certaines de ses références. À ne chercher que l'Afrique dans nos textes, la critique nous dénie toute ouverture culturelle. Est-ce vraiment littéraire de nous mettre ainsi le cerveau dans le formol de notre vivant ? Cataloguant, estampillant, rangeant les auteurs par régiments, on passe les spécificités de leurs parcours à la trappe. Niant les individualités des artistes, on nie également leurs particularités stylistiques et se borne à les rattacher les uns aux autres par leur plus superficiel dénominateur commun : la couleur ou l'origine. Cette gueule évoque le soleil d'Afrique, celle-ci aussi ! Ce livre parle d'immigration, celui-ci aussi ! Ce livre parle des femmes, celui-ci aussi ! Mais comment en parlent-ils ? Sous quel prisme ? Selon quelle école de pensée ? La couleur des auteurs semble une tache d'encre de Chine coulée sur toutes ces questions. Non, en littérature ou ailleurs, Noir(e) n'est pas interchangeable avec tout(e) Noir(e), tout comme

Dubois et Dupont ne sont pas interchangeables du seul fait du teint qu'ils partagent. Blanche ou noire, la couleur de peau ne suffit pas pour curriculum vitae d'un auteur. D'ailleurs, elle ne dit pas grand-chose de lui, puisqu'elle n'est pas une compétence et, ne résultant pas d'une volonté de l'artiste, elle ne renseigne absolument pas sur sa création ; mais sur celle d'un autre, l'Auteur des auteurs et de leurs lecteurs.

Il est vrai que Picasso a réalisé *Guernica* pour l'Exposition universelle de 1937, répondant à la commande du gouvernement républicain espagnol de l'époque, il en profita donc pour dénoncer le bombardement de la ville éponyme, qui avait eu lieu pendant la guerre civile. Mais Picasso a-t-il fait ce tableau, seulement parce qu'il est né espagnol ? Il me semble que non, car s'il ne s'agissait que de porter les couleurs de son pays et de s'indigner du sort de Guernica, beaucoup d'Espagnols l'ont fait, mais de différentes manières. Il est donc question d'autre chose pour le peintre ; et, cette chose-là va bien au-delà de son appartenance territoriale. Il est bien question de l'artiste Picasso, d'une personne qui, indépendamment du fait d'être espagnol, possédait, outre ses aptitudes de peintre, sa propre sensibilité, son esthétique, son goût pour le cubisme, sans quoi cette œuvre, *Guernica*, n'aurait jamais vu le jour et n'aurait pas eu toutes les caractéristiques qui en font l'originalité. Les artistes peuvent créer des œuvres rappelant leur pays, mais leur création n'est pas qu'un reflet de celui-ci. Donc leurs origines ne peuvent pas être considérées comme la seule grille de lecture de leurs productions. On ne peut enfermer les auteurs africains, avec l'injonction de se référer uniquement au chez-soi. Le chez-soi suffit-il pour dire la totalité d'un « soi », surtout en cette époque de mondialisation et de brassage des cultures ?

Alors que les auteurs occidentaux puisent dans tous les continents pour nourrir leurs œuvres, pour quelles obscures raisons devrions-nous encore nous justifier, lorsque notre regard surpasse nos frontières ? Non, nous ne sommes pas des pique-assiettes du monde de l'art ; intéressés par le monde autant que nos collègues occidentaux, nous revendiquons la même liberté de mouvement, de choix thématiques, d'inspiration et de création.

La littérature africaine sera adulte quand les éditeurs, les critiques littéraires, les lecteurs et les professeurs ne chercheront plus dans nos textes la confirmation de clichés caducs, et se contenteront d'aller vers nos livres simplement en quête d'une littérature de qualité. Pour cela, ils doivent nous reconnaître la liberté et la légitimité d'écrire sur l'Afrique comme sur n'importe quelle autre partie du monde. Quand les artistes du Nord vont dans les pays du Sud et s'en inspirent pour créer, personne ne leur reproche de sortir de leur cadre d'origine, au contraire, on salue en eux des intellectuels à l'esprit ouvert sur le monde. Littérature, cinéma, musique, peinture, parmi une kyrielle d'exemples possibles, dans tous les domaines artistiques, prenons celui d'Hubert Sauper : dans son puissant documentaire, *Le Cauchemar de Darwin*, sorti en 2004, il est question de Mwanza en

Tanzanie, du trafic d'armes et des conditions désastreuses dans lesquelles vit la population locale, qui ne profite que des carcasses de poissons, alors que la perche du Nil qui alimente le marché des pays du Nord est pêchée dans le lac Victoria. Nous fûmes nombreux, toutes origines confondues, à saluer son regard. Applaudissant Sauper, quel critère retenions-nous, à part la qualité de son film et l'humanité de son propos ? Qui aurait eu le toupet de lui reprocher d'avoir si justement pointé sa caméra sur une tragédie humaine hors de son pays natal ? Alors, pourquoi un artiste européen aurait-il le droit de s'intéresser au monde entier et ses collègues africains, eux, seraient priés de rester cloîtrés dans les limites géographiques et thématiques de leur continent ? N'est-ce pas une autre manière de nous minorer encore, pire, de nous exclure des débats concernant les grandes questions contemporaines ? En art comme en économie, il est temps que l'Afrique sorte du berceau à barreaux qu'on lui impose. Adultes et responsables, ses Républiques doivent faire entendre leurs voix dans le concert des nations. Partout, la littérature a toujours été vectrice de changements, donc, empêcher l'évolution de la littérature africaine procède du même mouvement qui bride l'essor économique du continent. Si nos collègues du Nord étendent leur champ de réflexion jusqu'à nous, nous aussi devons opérer le mouvement inverse, l'Afrique ne peut rester cantonnée derrières les anciennes barrières coloniales. Même assignés à résidence, les citoyens du Tiers-monde ont leur mot à dire quant au devenir du monde ou, du moins, sur ce que le monde des puissants fait de leur vie. Seule une idéologie impérialiste, exploitant l'Afrique tout en craignant son réveil, s'efforce de la contenir et d'écarter sa voix des débats cruciaux de l'époque. Et non, Internet en salon planétaire, plus rien ne muselera les enfants de Mama Africa !

La littérature africaine sera adulte, quand on ne se contentera plus de chercher dans nos livres l'illustration de fantasmes éculés. Elle sera libre, quand de pseudo-africanistes, défenseurs de leur pré carré qu'ils voudraient immuable, cesseront de nous mettre tous dans le même sac, alors que nos parcours, nos formations, nos sources d'inspiration et nos motivations nous distinguent les uns des autres. Contrairement à l'époque de la Négritude, aujourd'hui, les chemins d'écriture des auteurs africains sont si divers, que persister à les ranger dans une seule et même chapelle relève d'une absence de rigueur scientifique. Et puis, africaine ou non, chaque plume porte sa propre identité, il y a autant de façons d'écrire et de vivre le rapport à la littérature que d'auteurs, de même pour le rapport à l'Histoire comme aux origines.

Pour qui s'intéresse vraiment à la pensée, il n'y a, en définitive, que deux littératures au monde : la bonne et la mauvaise. Et quand un livre est bon, d'où qu'il vienne, il y sera toujours question de l'humain et le lecteur, quelles que soient ses origines, peut y trouver son compte. En matière de création artistique, la simple provenance de l'auteur n'est absolument pas un critère d'analyse suffisant pour rendre compte d'une œuvre.

Même si l'auteur reste sur sa terre natale et écrit depuis son berceau, les particularités de sa propre histoire et de sa subjectivité le distingueront toujours de tout autre, y compris des créateurs issus du même terroir que lui. Pourtant, ces mêmes particularités traversent l'écriture et produisent des intersections de la condition humaine, puisqu'elles conduisent d'autres individualités à s'y reconnaître, à se sentir proches d'une œuvre qui, de prime abord, peut sembler lointaine.

Une œuvre littéraire n'a cure de la géographie et des frontières territoriales, puisque personne ne peut borner l'humain. Les livres charrient la souterraine vérité des hommes, qui est une source offerte à qui veut bien se donner la peine de creuser. Combien de manières d'être européen ? Il y a certainement autant de façons d'être africain que d'être européen, sinon plus, vu le nombre de pays, d'ethnies et de langues. Lorsqu'elle se focalise sur les origines, la critique littéraire dit quelques vérités, bien sûr, mais, trop souvent, elle se fourvoie dans la facilité. Pour un auteur, c'est frustrant de passer sa vie à essayer d'agrandir son horizon et de se voir clôturé chaque matin. Carottes, navets, pommes de terre, patates douces… Dans le même jardin, les tubercules n'ont ni la même saveur ni la même texture. La sagesse qui admet cette diversité serait-elle inaccessible lorsqu'il s'agit des hommes ?

Quelqu'un a écrit que le personnage principal, dans *Inassouvies, nos vies*, est nommé Betty Boop, en réminiscence du nom de famille Bop, courant dans ma région d'origine, au Sénégal. Malgré toute ma sympathie pour cette personne, je dois la contredire, car n'ayant jamais rien entendu d'aussi faux sur mes livres. Enfin, il ne faut pas me prendre pour une bouteille d'eau du fleuve Saloum, hermétiquement fermée depuis l'enfance ! Comme presque tout le monde le sait, Betty Boop, c'était bien sûr un clin d'œil à la fameuse série américaine de dessins animés, créée au début des années trente par l'animateur, réalisateur Grim Natwick pour les Fleischer Studios, dont l'héroïne s'appelle Betty Boop et, dans le livre en question, elle est même évoquée comme « disparaissant de l'écran », pour souligner la référence cinématographique.

À l'évidence, la focalisation sur les origines restreint nos œuvres, puisqu'elle les ampute de l'apport culturel de l'ailleurs et, dans le même mouvement, en exclut les autres, supposés ignorer d'où nous parlons. Or, même si cela peut ajouter à l'éclairage, on n'a pas besoin de tout connaître du berceau d'un écrivain pour accéder au sens de ses textes, sinon je n'aurais pas révéré les Hemingway, Goethe, Victor Hugo, Marguerite Yourcenar et bien d'autres de leurs collègues, avant d'avoir foulé un seul mètre carré d'Amérique ou d'Europe. Partager les mêmes origines qu'un auteur ne garantit absolument pas une meilleure compréhension de son œuvre. Cette proximité culturelle est bien sûr un atout qui peut rassurer un critique littéraire, mais elle ne présage en rien de la qualité de son travail, qui, in fine, ne vaudra que par sa rigueur scientifique. Accorder plus de place à l'analyse immanente des textes permettrait à la critique littéraire de ne plus assigner aux écrivains des repères et des références identitaires, car le fait que ces jalons soient plausibles ne signifie pas que l'auteur y recourt systématiquement ; et, même leur présence dans une œuvre n'exclut pas l'existence d'influences extérieures, ouvrant de facto d'autres voies à l'interprétation littéraire. Fidèles à leur cours d'eau, les éclusiers des Lettres se moquent des tours et détours qui font le périple des rameurs. Sûrs d'intercepter ma barque entre les fleuves Saloum et Gambie, ils la ratent sur la Seine et perdent son sillage sur le Rhin. S'ils me rattrapent entre Cologne et Amsterdam, ils dateront ma rame au carbone 14. Ramassant les balais aux artistes, arriveront-ils à temps chez Érasme ? S'ils se font aux courants de la mondialisation, qu'ils suivent les écrivains ; entre flux et reflux, ils ne croiseront que leurs frères.

Plus généreuse que ses commentateurs, la littérature n'enferme pas, bien au contraire, elle jette des passerelles pour tous ceux qui se donnent la peine de lever le regard au-delà de leur zone routinière. Si le cordon ombilical faisait tout de l'individu, on ne le couperait pas ! Et s'il devait définir un artiste, ce serait dans sa façon de le rattacher au monde, à la grande ronde humaine. L'artiste n'est pas que le « soi » référencé par une carte d'identité. Expression particulière et originale d'un spécimen humain, lui-même, il est aussi thermomètre de son époque, celui qui s'imbibe des autres pour parler du « nous ».

Quel est donc le rôle du teint qui nous situe géographiquement dans cette affaire ? Qu'apporte ou enlève la blondeur d'une Suédoise à la qualité de son livre ? On cherchera d'abord chez elle du sens, du style, une manière de voir et de dire, avant ses origines. Cela devrait être ainsi pour tout autre auteur : avant de l'assommer avec un éventuel témoignage sur son pays d'origine, interroger d'abord les œuvres qui justifient son titre d'écrivain, car ce titre-là chacun le vit et le défend à sa manière. Qu'on nous laisse la liberté de revendiquer notre africanité à notre guise, qu'on cesse de nous l'imposer comme une camisole de force ! Ma mélanine est une partie de ma biologie, mais elle ne suffit pas à ma biographie ; je ne m'appelle pas Mélanie et ne suis pas que mélanine, on n'imprime pas mes livres avec mon teint, malgré les préjugés qu'on me colle à la peau. J'ignore donc pourquoi certains y tiennent plus que moi-même et s'y réfèrent de manière pavlovienne. N'est-ce pas une habile manière de nous différencier, de nous rendre *autres* à tout prix, pour toujours nous marginaliser ? Au nom du teint, on nous attribue des proximités factices tout en restant aveugle à d'autres proximités bien réelles, celles-là.

La littérature africaine sera majeure, quand nous, auteurs, aurons tous bien compris que le profil de l'écrivain africain n'est plus du tout le même que pendant la Négritude. Cette évolution, chacun doit lui trouver un sens dans son œuvre. L'auteur africain lui-même doit réévaluer sa place, comprendre que, pour faire entendre sa voix, en tant qu'artiste, il ne suffit plus de discourir de ses origines avec des prétentions d'homme d'État, comme pouvaient et devaient le faire ceux de la génération de Senghor, contraints par les vicissitudes de leur époque.

En effet, après la période des rares lettrés, propulsés guides de leur peuple par la force des choses, voici venu, heureusement, le temps d'une Afrique qui ne compte plus ses enfants instruits. Cela doit inciter tout intellectuel du continent noir à fournir le meilleur de lui-même, tout en modérant l'idée qu'il a de son apport personnel aux débats en cours. Aujourd'hui, on peut parler depuis ses convictions, sans s'autoproclamer guide ni prétendre détenir la pierre philosophale, tant les points de vue en capacité de s'exprimer sont nombreux. Comme nous défendons maintenant le vote démocratique, afin de ne plus subir indéfiniment des potentats accrochés au pouvoir, de la même manière nous devons défendre une pluralité des voix, afin que la littérature africaine fleurisse dans toute sa diversité et ne soit pas un art soumis aux diktats populistes, « un art asservi », qui provoquerait une prise d'otage du continent par quelques doctrinaires.

Et si les idées sont importantes en littérature, la manière de les exposer ne l'est pas moins. Certes, une œuvre littéraire peut porter un engagement, une revendication, un message politique, mais un tract politique n'est pas une œuvre d'art. Les textes-meetings ou meetings textuels ne suffisent plus pour faire un écrivain, aujourd'hui, il faut bien plus que ça. Il ne s'agit donc pas de parler de l'Afrique de manière atavique, mais de le faire dans la cohérence d'une réflexion, c'est-à-dire lorsqu'un texte le justifie vraiment. Pour qui se situe sur le terrain de la création littéraire, à la nécessité de dire s'ajoute absolument la nécessité de bien dire, c'est-à-dire une quête de justesse et d'esthétique, sans quoi tout scribe peut se réclamer auteur de ses écrits, mais sûrement pas écrivain. Se borner à proclamer un avis identitaire ne fait pas une œuvre littéraire. Il s'agit de structurer une pensée, une vision du monde, une manière de sentir celui-ci vibrer, une façon de le peindre, de le faire rire ou pleurer, de le faire chanter ou danser au bout de sa plume. C'est donc par la spécificité de son expression, sa poésie, son style, qu'un écrivain signe son œuvre. Ce faisant, il dit, au-delà des histoires qu'il relate, sa manière particulière d'être présent au monde. On ne raconte jamais seulement des événements, des intrigues romanesques, on raconte surtout la perception subjective que l'on en a ; de ce fait, quel que soit le sujet, on se raconte dans sa façon d'écrire. Ne pas accepter ce dévoilement, ce que le style dit de nous, c'est ne pas oser exprimer sa sensibilité, c'est-à-dire limiter sa perception du monde. Or, qui veut mener sa quête par l'écriture, veut ainsi éprouver le monde et n'a donc pas d'autre choix que d'expérimenter sa propre sensibilité, c'est-à-dire s'affranchir des limites fixées par d'autres pour déplacer lui-même le curseur de sa pensée. Par conséquent, l'écrivain doit rester libre de choisir ses thèmes, ses éventuelles causes et sa démarche esthétique, afin d'élargir son champ d'expérimentation autant qu'il le souhaite. Toute exigence éditoriale allant contre cette liberté va contre la qualité et la sincérité de son œuvre.

Épilogue

Flux et reflux ! Sur chaque vague passe une autre vague. Sous chaque vague, se retire une autre. Derrière chaque livre, se cache un autre livre. Strates ! À part la lumière, tout ce qui est précieux fuit la surface. Sous chaque livre, nous lisons ou écrivons un autre livre. C'est la vie : flux et reflux !

Je me souviens de balades dans les sinuosités du delta du Saloum. D'un mouvement de barbichette, le Capitaine dégageait les nuages : « Regarde, là-bas, les pélicans, ils ont sûrement repéré un banc de poissons, suivons-les, voir ! » Mieux que l'irascible soleil tropical, c'est son sourire qui élaguait la brume qui nimbait encore ma jeune vue. Vous l'avez reconnu, mon vieux pêcheur ; surtout, ne risquez pas un « encore lui ? », ces deux mots ne chasseraient pas une mouche de votre tartine, mais pourraient vous coûter la mâchoire devant une certaine personne et ne vous sauveraient pas les yeux. Quand le vieux pêcheur passe, contentez-vous d'une révérence, sinon, le silence n'étant pas imposable, abusez-en. Lui ! Bien sûr, encore lui ; là-bas comme ici, et toujours : Lui ! Jaloux, chantez votre héros autant qu'il le mérite, le mien le devancera encore de quelques sonnets. Mâma Kôrmâma ! mon Capitaine, mon Gabriel face à toute houle, le premier de mes phares, révérence ! « Réduis la partie sur les grands-parents ! » osait la cavalière. Ciel ! Se prendre pour mon éditrice, en ignorant que j'écris d'abord et avant tout pour rendre hommage à ces deux-là ? Maldonne ! Mesdames, Messieurs, cavalières et jockeys, j'ai l'honneur de vous déclarer ceci : ma vie même fait partie de leur œuvre. Alors, que serait la mienne sans leur présence ? Qui se lasse des quelques lignes qui les invitent ferait mieux de renoncer à ma plume dès à présent, car je promets de récidiver. Assez de pages pour couvrir l'Atlantique d'un tapis rouge en leur honneur, j'en rêve. Moi, rameuse, mauves seront les vagues sur toutes mes mers !

Je me souviens. Une fin de journée, au Saloum. Les filets hors de l'eau, nous avions jeté l'ancre, une petite pause pour nous sustenter, avant de faire cap sur Niodior. Notre trésor ne sortait pas que de la mer, il tombait aussi du ciel : le soleil versait des coulées d'or rouge à l'horizon. Notre pirogue se balançait tel un hamac, seule la quiétude dont elle était pleine pesait sur l'eau. La brise passait sa route ; elle nous volait autre chose que du poisson.

« Petit matelot, m'interpella mon Capitaine, regarde toutes ces pirogues, toutes diffèrent par leur taille comme par leur vitesse, mais la mer n'en refuse aucune et ne leur fait rien qui ne soit dans sa propre nature. Ce n'est donc pas elle qui trahit, comme disent ceux qui déplorent souvent son humeur ; non, c'est le cap qui éprouve les hommes. J'ignore ce que le tien exigera de toi, mais ne sois pas de ceux qui restent en cale sèche par couardise. Sache que, librement choisi, le cap hale une barque, car son attrait galvanise le rameur et redouble son endurance… »

La brise passait sa route, emportant ces mots. Des mots qui, eux aussi, passaient leur route. Reflets sur les vagues, ils filaient, couraient m'attendre à l'ouest. Comme la veille et l'avant-veille, nous étions là, l'un en face de l'autre. J'étais collégienne, j'ignorais que nous serions encore là-bas en 2023. Maintenant, je sais que nous serons toujours là-bas, pour tout le temps que le regard reste fidèle à sa soif de lumière.

Les bébés nés l'année de cette confidence ont vu leurs cheveux poivre et sel, certains goûteront bientôt au bonheur de voir leurs enfants se marier, mais, toujours à mes oreilles, ce même timbre de voix, qui dément l'horloge. Aujourd'hui, songeant aux mots du vieux pêcheur, je me dis que les œuvres littéraires, c'est une multitude de pirogues, jetées sur la même mer ; chacune, son cap, son allure et sa propre cargaison. La littérature, c'est une géographie de l'âme humaine, où les vingt-six lettres de l'alphabet dessinent une immensité océanique, avec ses innombrables bras de mer et ses sinueux bolongs. Alors, écrivain ? Rame à l'eau, on se laisse guider par l'étoile du berger. On lit, écrit comme on rame. Rame à l'eau, qui persévère, tôt ou tard, découvre d'autres baies que la sienne. À force de ramer, on déboule de son bras de mer, pour embrasser l'humanité d'un seul et même regard. Infini, le territoire de la littérature ; à part le souffle et la volonté du rameur, seule la Rôdeuse des ombres écourte le sillage.

« Petit matelot… ne sois pas de ceux qui restent en cale sèche par couardise. Ne laisse jamais l'injustice te rabattre la barque. Mais ne gaspille pas ton souffle, garde-le pour ramer, la résolution se passe de palabres. » C'était hier, c'est maintenant : il est des verbes que nul ne conjugue au passé. Depuis ces mots, pélicans comme cigognes m'ont toujours vue sur les flots, dans le sillage du vieux pêcheur. Alors, en migration à Sangomar, qu'ils disent à mon Capitaine, que je rame encore par tous les vents, halée par son cap à lui, qui reste et restera toujours le mien.

En navigation comme en littérature, l'élément qui vous transporte est aussi votre destination : votre vérité intérieure, cet objectif qui nous déplace de livre en livre. La littérature en ligne de mire, je rame, fais face aux affres du cap Liberté, sans virer de bord. Qu'est-ce que donc que la littérature ? Avant, c'était quelques cours par semaine, des lectures à tâtons, comme l'aveugle cherche sa canne, puis, des guides de plus en plus sûrs. Maintenant, j'en suis persuadée, la littérature, c'est une navigation au long cours, aussi merveilleuse qu'éprouvante. On n'est jamais à l'abri d'une vague scélérate ! Pourtant, outre cette vie-ci, qui nous est comptée, qui n'en aurait pas voulu dix autres, toutes à chevaucher les vagues ? Sans houles ni tempêtes, quel serait le charme de l'Atlantique ? Nul doute que l'on s'y noierait d'ennui. Et puis, l'absence de houle est-elle gage de sécurité ? Les crocodiles se plaisent dans les eaux dormantes. En littérature comme en mer, notre naturelle appréhension du risque rêve d'une mer d'huile, mais c'est la violence des courants qui nous garde éveillés, vigilants, la rame vigoureuse. Alors, contre le mal de mer, mâchons du citron. Pied marin ou non, courants favorables ou non, il s'agit de traverser sa vie, malgré les récifs. À cela, nul ne peut se soustraire, alors, autant regarder l'horizon en face.

Auteur, éditeur ou lecteur, à chacun son idée de la littérature. Non seulement la démocratie permet la variété des perceptions, mais elle s'en vivifie, en comptant sur la responsabilité des citoyens. Donc, avant de vous plaindre de nos navets, rappelez-vous que responsable de son vote et du choix de son menu au restaurant, le lecteur ne l'est pas moins chez son libraire. Les livres ? Une diversité de pirogues proposées aux partants. Par-ci ou par-là ? Embarquez avec qui vous voulez, mais admettez d'abord que tout cap renonce à d'autres caps. Passager, n'usurpez pas le capitanat. En littérature, on peut naviguer sans imposer son cap à quiconque ni subir celui d'autrui. Alors, à bâbord comme à tribord, tout corsaire qui se prend ma rame dans la figure s'est porté volontaire. Affrontant vents et marées, garder la barre de ma modeste barque reste le premier de mes combats ; car, celui-ci perdu, à quoi rimeraient les autres ?

Par-ci ou par-là ? Les béances de l'existence sont parfois d'une profondeur océanique. Face à elles, que de vertige ! Les pauvres humains tanguent et tâtonnent. Instinct de survie, l'on se sauve avant de secourir, et, chacun s'accroche à ce qu'il peut. Nulle rambarde ne descendant du ciel ; les artistes, qu'ont-ils à opposer au gouffre, si ce n'est leur art ? La plume écrit, abracadabra, et, la poésie jette des paillettes d'or sur la traîne de la nuit, soudain, la Rôdeuse des ombres s'enfuit. Avez-vous mieux pour la conjurer ? Je n'ai que cela ; je ne sais qu'écrire des lettres au Ciel.

Les pages que remplissent les écrivains, ce sont des pelletées de sable avec lesquelles ils comblent des précipices, les leurs d'abord, mais aussi, toute proportion gardée, ceux des personnes qui se reconnaissent dans leurs livres. On rêve comme on pleure ici-bas, cependant, il est rare de pleurer en rêvant, c'est donc évident : parce qu'elle rêve et fait rêver, la poésie nous signe une trêve. Elle n'allège ni ne supprime les peines, d'ailleurs, n'en fait-elle pas son matériau par excellence ? Simplement, le temps de sa création, la poésie domine son matériau comme l'artisan domine sa matière. Penché sur son ouvrage, le sculpteur ne sent pas le poids de son bloc de marbre sur les épaules. Sculptez plus, vous pèserez moins !

L'écriture surplombe le sujet souffrant, le surpasse d'une tête, pour regarder là où l'horizon embrasse l'amère mer. C'est exactement à cet endroit, là où l'espoir enlace la désillusion, qu'elle réunit, réunifie les deux parts de l'âme, l'une lourde du blues de la réalité, l'autre, aérienne et rêveuse. Voici leur portrait : la pâtissante et la compatissante ; la révoltée et la reconnaissante ; la dégoûtée et la désirante. Rivales, elles convoquent et comparent leurs amants : Éros et Thanatos ! Et, où croyez-vous que ces pimbêches se retrouvent pour régler leurs comptes ? Évidemment dans mon atelier, la nuit. Quand le monde dort à poings fermés, elles se crêpent le chignon, s'écharpent, à coups de plume.

Quelle éditrice, quel éditeur assiste à ces rendez-vous ? Absolument, aucun(e) ! Alors, comment une cavalière de l'édition pourrait-elle vous raconter la teneur de leurs visites nocturnes, mieux que moi ? « J'ai une idée de ton livre, laisse-moi faire. » Une seulement ? Cette phrase ne rassure qu'un palmipède. Et faire quoi, d'ailleurs ? Une ratatouille lyophilisée ! Allez, Barberousse, plouf ! Passe mes amitiés aux requins-marteaux. Si c'est vraiment ma barque, souffrez que je garde la barre. Sortez donc de la cuisine des écrivains, la cuisine industrielle, ça suffit !

Table des matières

DU MÊME AUTEUR

Romans

LE VENTRE DE L'ATLANTIQUE, éditions Anne Carrière, Paris, 2003.
KÉTALA, éditions Flammarion, Paris, 2006.
INASSOUVIES, NOS VIES, éditions Flammarion, Paris, 2008.
CELLES QUI ATTENDENT, éditions Flammarion, Paris, 2010.
IMPOSSIBLE DE GRANDIR, éditions Flammarion, Paris, 2013.
LES VEILLEURS DE SANGOMAR, éditions Albin Michel, Paris, 2019.

Nouvelles

LA PRÉFÉRENCE NATIONALE (recueil de nouvelles), éditions Présence africaine, Paris, 2001.
LES LOUPS DE L'ATLANTIQUE, in *Nouvelles Voix d'Afrique*, Hoëbecke, 2002.
LE VIEIL HOMME SUR LA BARQUE, collection « Livre d'heures », Naïve éditions, Paris, 2010.
DE QUOI AIMER VIVRE, Albin Michel, Paris, 2021.

Poésie

MAUVE (dessins et photographies de Titouan Lamazou), Arthaud/Flammarion, Paris, 2010.

Essai

MARIANNE PORTE PLAINTE !, collection « Café Voltaire », Flammarion, Paris, 2017.
MARIANNE FACE AUX FAUSSAIRES, Albin Michel, Paris, 2022.

Retrouvez toute l'actualité des éditions Albin Michel
sur notre site albin-michel.fr
et suivez-nous sur les réseaux sociaux !
Instagram : editionsalbinmichel
Facebook : Éditions Albin Michel
Twitter : AlbinMichel

Composition : IGS-CP
Impression : CPI Bussière
Éditions Albin Michel
22, rue Huyghens, 75014 Paris
www.albin-michel.fr
ISBN : 978-2-226-48387-4
N° d'édition : 25464/01 – N° d'impression :2070588
Dépôt légal : septembre 2023
Imprimé en France